官商鬥法
之7
仇富情緒
姜遠方 著

目錄 CONTENTS

第一章

出價買官

秦屯一想也是，送一次禮物只可以辦成一件事，
如果給某某留下一個很好的印象，那以後他不知道會如何提攜自己呢？
想到這些，秦屯不禁心癢了起來，
某某如果真的大力提攜自己，那自己做一個封疆大吏也是有可能的。

張琳出任了市委書記，海川市便有了一個市委副書記的空缺。相比於市長來說，市委副書記的權力少了一些，可是對秦屯來說，仍是很有吸引力的。副書記是常委之一，比他這個排名靠後的副市長權力大很多，而且秦屯在徐正領導下的市政府系統中，是很受排擠的，徐正對他並不重視。原本他有孫永的支持，還可以不在乎徐正，此刻孫永已經倒臺了，他少了強有力的奧援，在市政府這一邊更是勢單力孤，不得不夾著尾巴做人了。

秦屯自然不甘心這種狀態持續下去，他再次想到了北京許先生這條線，當初他可是拿出幾十萬資金給許先生買了瓷瓶孝敬某某領導的，這個時候，他想許先生應該伸出援手，讓他脫離苦海了。

秦屯就再次跑到了北京，找到了許先生。許先生聽秦屯講完他目前的狀況，笑笑說：「你現在這個境況確實是很尷尬。」

秦屯說：「對啊，你要幫幫我啊，許先生，你是不是可以幫我去找找某某，讓他想想辦法？」

許先生笑笑說：「不是不可以，只是我不好空著手去見某某吧？」

秦屯一聽，知道許先生又是想向自己要錢，有些急了，說：「我上一次不是給了你三十萬，買了一個瓷瓶送給某某了嗎？怎麼這樣還不行嗎？再說，上次某某答應的事情也沒辦成啊。」

許先生笑了，說：「我不知道這話該怎麼說，三十萬也許在你眼中算是一筆錢，可是到了某某眼中算什麼?零花錢都算不上。你還想著他把這件事情記一輩子啊？」

秦屯想想也是，三十萬就是在他這個副市長眼中，也不能說是一個很大的數目，更別說在某某這麼高層級領導的眼中了。也許那個瓷瓶早就不知道被擱置到什麼地方去了，自己這時候再去求某某，那三十萬的情分也許根本就沒了，再提起來，說不定反而會引起某某的反感，認爲自己這麼小的一點事情都記在心裏。

看來要想辦成這件事情，自己還是要出血的。秦屯看了看許先生，問道：「那許先生你的意思是想怎麼辦？」

許先生笑笑說：「秦副市長，你不要顯得這麼不情願，說實話，你多送一點給某某對你是有好處的，你想，某某這一次拿到了你的東西，說不定會想起以前你還送過東西；就是他想不起來，我也會在送東西給他的同時，適當的提醒他一下，他就會覺得你這個人真是夠意思，對你有好感。如果某某對你有了好感，那以後的好處，你就不用我說了吧？」

秦屯一想也是，送一次禮物只可以辦成一件事，如果給某某留下一個很好的印象，那以後他不知道會如何提攜自己呢？

想到這些，秦屯不禁心癢了起來，某某如果真的大力提攜自己，那自己做一個封疆大吏也是有可能的。

秦屯說：「許先生你說的也對。那這一次你準備送什麼？」

許先生看了看秦屯，說：「前幾天我在琉璃廠看到了一個昌化雞血石雕的玉山子，美輪美奐，當時我就想，如果拿這個做禮物，某某一定會很喜歡。」

秦屯說：「那需要多少錢呢？」

許先生說：「我問了一下，要八十萬。」

真要動起銀子來，秦屯就不是那麼痛快了，他愛財如命，一下子拿出這麼多錢比要了他的命還難受，他皺了下眉頭，八十萬可不是一個小數目，並且上一次許先生幫他活動市長職務也不過要了三十萬，加上幫許先生付清了酒店的賬款，也就四十萬不到的樣子；現在活動一個比市長位置還低的副市委書記，這傢伙張口就要八十萬，也真夠敢要的。

這許先生事情還沒辦成一樁，胃口可是見長，秦屯心中便有些不情願，說：「這個可是有點高了，我一時拿不出來。」

秦屯的表情，許先生都看在眼中，見秦屯爲難，就說：「黃金有價玉無價，我只是問問價，那老闆知道我有錢，可能是獅子大張嘴想賺我個狠的，想來如果認真計價，四十萬總可以拿下來的。」

四十萬對秦屯來說也不是一個小數目，他還是不想付，就咧了咧嘴，說：「許先生，有沒有價格低一點點的？」

許先生說：「我覺得這個最合適不過了。」

「可是我四十萬一下子拿不出來的。」秦屯仍然面有難色地說。

許先生笑笑說：「秦副市長，你這不是說笑話嗎？堂堂一個副市長，四十萬拿不出來？」

秦屯苦笑了一下，說：「你不知道，許先生，我這幾年一直在走背運，管的都是無關緊要的事，沒什麼油水，手頭真沒多少錢。」

許先生看這情形，似乎秦屯真的擠不出四十萬，便說：「那這樣吧，我跟那家古董行的老闆有點交情，我想辦法再給你砍掉十萬塊，三十萬，可不能再少了。」

秦屯感覺價錢砍得差不多了，再砍下去，這許先生可能會不願意了，雖然說是幫某某買的，可是這許先生肯定在中間是有些賺頭的，不然他也沒興致做這種仲介，錢再少恐怕許先生就不會那麼積極了，就笑笑說：「那我謝謝許先生了。」

許先生笑笑說：「跟我還客氣什麼，我們是老朋友了。只要事情能辦成，我做什麼都行。」

秦屯心中擔憂會不會像上次那樣，半路被人截胡，特別又提醒道：「許先生，加上這一次，我可是花了六十萬了，你可不能再辦不成了。」

許先生笑笑說：「放心吧，這一次再沒有辦不成的道理。對了，秦副市長，有個事情我要事先跟你說一下。」

秦屯問：「什麼事情啊？」

許先生說：「我想了一下，上次給你辦市長那件事，你失敗雖然是因爲有人跟程遠打了招呼，可這並不是全部的原因。還有一方面因素，可能你忽視了。」

「什麼因素啊？」秦屯問說。

許先生說：「你們東海省裏面，你是不是沒有找人啊？」

秦屯說：「是啊，我以爲你幫我找了某某，我就不需要再找什麼人了。」

「這就難怪了，你不能眼光只看著北京這邊，副書記的任命，省裏是有決定權的，你省裏面一點不找人也不行啊，最好是某某從上面打招呼，省裏也有人對你表示支持，這麼上下一起使勁，事情才能百分之百的成功。」許先生說。

秦屯說：「還需要這樣啊？某某一個人搞不定嗎？」

許先生說：「某某倒是搞得定，可是就怕到時候省裏面有人搗亂，這樣上下配合不是更保險，不是嗎？」

秦屯想了想，說：「許先生你說的也是，再在省裏找個人確實保險些。」

許先生笑笑，說：「對嘛，我倒不是說某某搞不定這件事情，我只是爲你著想，想讓事情更保險些。」

第二天，秦屯就送給了許先生三十萬，隨即趕回省裏，開始找省裏的關係，爲自己做市委副書記開始四處奔走。

在家裏看書的傅華接到了賈昊的電話，賈昊劈頭就說：「小師弟，你這個人真是不應該啊。」

傅華笑說：「師兄，我怎麼了，沒頭沒腦的。」

賈昊說：「你還記得我是你師兄啊？」

傅華更加奇怪了，說：「師兄這話說的，我沒做什麼錯事吧？我什麼地方得罪了師兄嗎？」

賈昊說：「你既然知道我是你師兄，受了委屈爲什麼不跟我說？主任都被人代理了，自己悶在家裏也不來找我玩？」

原來是賈昊知道了自己被代理的事情了，因此才打來電話。傅華心裏有些感動，這個師兄不管做事怎麼樣，還是很關心自己的。

傅華笑笑說：「師兄知道這件事情啦，我不過是海川市裡出了點麻煩，小事情而已。」

賈昊說：「事情是不大，可是沒這麼欺負人的。原本我和劉傑都知道崔波出事把你牽連了，後來知道你沒事，我們就放心了，以爲一切照常。今天劉傑見到你們辦事處的高月，聊了幾句才知道你被代理了，劉傑很是生氣，就把這個情況跟我說了。小師弟啊，我們都是張凡老師門下的弟子，在京城提起張凡老師誰不知道，海川市政府竟然敢這麼欺負你，連我都感覺臉上無光。」

實際上，賈昊和劉傑很早就知道崔波出事、傅華被牽連，也知道傅華後來沒事被放出來了，一直沒跟傅華聯繫是有避嫌的意思，生怕被檢察院的視線關注到。

傅華笑笑說：「也不算什麼欺負了，我正好也借機休息一下。」

賈昊說：「你這個人啊，總是從好處去想別人，什麼不算欺負，你被擱置這麼長時間，他們就是想逼你走。你也是的，就這麼聽任他們捉弄，怎麼不找你們市委交涉一下？」

傅華說：「師兄，你不知道情況，我們市裡最近變動很大，市委書記孫永被抓了，新的市委書記剛上任，在這個節骨眼上，我去找人鬧也不合適。」

賈昊說：「這倒也是，每每這種領導班子更替的時候，是政治鬥爭最激烈的時候，你不鬧也是對的，不要被人利用，成爲一派整另一派的工具。不過，你還真沉得住氣，能等這麼長時間，是不是有什麼別的想法啊？」

傅華說：「這段時間，我也在思考是不是幹點別的，我覺得順達酒店的連鎖經營方式很不錯，很想投身於這個行業。不過這只是一種想法，我還沒考慮清楚，也不知道我岳父會不會支持。」

賈昊說：「你不用急著走，就是要離開駐京辦，你也不能這麼不清不楚的離開。你這樣離開算什麼，逃兵嗎？還是犯了錯誤？這樣離開只會給你造成十分惡劣的影響，別人會用有色眼光來看你這個人的，也不利於你未來的發展。」

傅華笑笑說：「別人怎麼看我無所謂，我自己心安就可以。我已經被不聞不問兩個月了，覺得再待下去也沒什麼意思，與其這麼無謂的耗下去，還不如去做點什麼實在。」

賈昊說：「別啊，要離開，也要等別人給你一個公正的評價才能離開，再說，這個駐京辦的局面完全是你開拓出來的，你就甘心這麼放手？這樣豈不是便宜了那些王八蛋？你先等等吧，我想你們市裏面很快就會找你了。」

傅華好奇說：「師兄啊，你要做什麼？」

賈昊說：「不是我要做什麼，也不用我做什麼，有人要幫你出這口氣。要讓他們知道你傅華不是可以輕易欺負的，也要他們知道，你們海川駐京辦只有你傅華能玩得轉。」

傅華愣了一下，說：「師兄啊，你別玩了，不值得跟那些人計較的。」

賈昊氣憤說：「什麼啊，什麼別玩了，小師弟，你要知道，這社會上有時候做人不能光做好人，也需要惡一點才不會受欺負。行了，你別管了，我和劉傑知道怎麼做的，你就等著你們市長找你就好了。」

傅華忙阻止說：「師兄，真的沒必要。」

賈昊說：「什麼沒必要，北京這些關係都是你一手建立的，憑什麼他們可以那麼不重視你，想怎麼玩就怎麼玩你?!人家都這樣對你了，你還要忍受下去嗎?就算你能忍受下去，也不能把你辛苦建立的人脈留給他們。再說，這些人本來就是基於對你的信任才跟駐京辦建立聯繫的，你這麼離開，他們是無法繼續信任駐京辦那幫人的。」

傅華心中也對徐正這一次的做法很是反感，見賈昊堅持，也就沒十分的反對，笑笑說：「師兄，只是別玩得過火了。」

賈昊說：「你放心吧，我自有分寸的。」

徐正雖然坐穩了市長的寶座，可是他最近一段時間的心情實在不能說是很好。

東海政局按照預期發生了更替，程遠離開了東海省，郭奎接任省委書記，這對他來說本來應該是一種利多，因爲郭奎以往是很賞識他的，他甚至一度覺得郭奎會更加重用自己，自己的仕途一片光明。可是隨即就從省裏傳出郭奎因爲他跟孫永的矛盾想要將他調離海川的消息。

這不能說不是一個打擊，畢竟他自認爲是郭奎的人，是郭奎提拔了他；現在又是郭奎要將他調離海川，這說明一個事實，他已經在某些方面失去了郭奎對他的信任。

徐正當然明白這都是因爲自己跟孫永的那一場爭執引發的，這場爭執不但讓他在海川市的局勢變得艱難，而且也讓他徹底失去了程遠的信任，這個影響蔓延到現在，甚至連郭奎也對他不信任起來。

徐正很明白失去了省委書記的信任對他的未來意味著什麼，他將會被這個勢利的官場所孤立，他將失去本來看好的仕途。

徐正眼看著他在海川市這大好的開局就要讓給別人了，心中更加憤恨，憤恨孫永比他技高一籌，不過，除了更恨孫永之外，他也無技可施。

但有時候，天意就是這樣無常，就在很多人都認爲徐正即將敗走海川市的時候，反而是孫永出事了，他因爲受賄被抓了。

孫永被抓徹底扭轉了海川市的政局，徐正幸運地得以留任。

徐正雖然坐穩了市長寶座，可是他明白危機並沒有完全過去，他在和孫永的這一次較量中本來是失敗者，只是因爲孫永的自動出局才讓他有機會扳回一城，可是他並沒有重新獲得郭奎對他的完全信任，讓市委副書記張琳出任市委書記就很能說明這一點。

徐正認爲，無論是從政績還是能力上來說，他都是比張琳要更勝一籌的，郭奎選擇張琳而不選擇他，完全是因爲他跟孫永這場鬥爭給郭奎造成了心理芥蒂。

徐正現在很需要做出一點成績來給郭奎看看，好讓郭奎知道，他還是那個會辦事有能力的徐正，他要重新贏得郭奎的賞識。於是，新機場項目對徐正來說就顯得越發重要了，他急於在這上面證明自己。

此時，新機場的場址已經通過民航局複核批覆，新機場項目可研報告和環評報告分別通過專家組評審，民航局向國家發改委出具了民航業意見，認爲海川市新建民用機場是必要的和可行的。總參謀部向國家發改委出具軍方意見，原則同意新建海川市國際機場，現在就等著國家發改委是否同意立項了。

如果能盡快拿到發改委同意立項的批覆，不能不說是徐正領導下的海川市政府又爲海川市人民做了一件大事，那徐正就可以在省裏揚眉吐氣了，也可以重新獲得郭奎對他的賞識。因此徐正自然不敢對發改委的審批工作有絲毫的馬虎，一再督促駐京辦代主任林東跟發改委的相關領導搞好關係。

林東雖然應承的很好，說一定會跟發改委的領導同志溝通好，可是一直沒有進一步的消息，這讓徐正有些坐不住了，新機場項目已經進行得十之八九了，千萬不要在最後關頭出什麼問題。

徐正趕到了北京，馬上就打電話給劉傑，他上次曾經在傅華的安排下跟劉傑和周陽喝過酒，彼此留有聯繫方式。

劉傑接了電話，徐正就說想約他見面。劉傑笑笑說：「不好意思，徐市長，我最近幾天行程安排得很滿，事情實在太多，還真是很難擠出時間來，抱歉了。這樣吧，有什麼事在電話裏說一樣的。」

電話裏說跟一起把酒言歡差別就很大了，把酒言歡的時候，上不了臺面的話，借著酒勁可以說得理直氣壯，可電話裏就不好說出口了。

徐正感到了幾分彆扭，心有不甘的說：「劉司長，再忙，吃飯的時間總有吧？」

劉傑歉意的說：「徐市長，你來得真不是時候，我這幾天吃飯的時間都排出去了，真是抱歉了。你別介意，我們已經是老朋友了，有什麼事情你跟我說一聲，我一定盡力給你辦。」

劉傑都把話說到這份上了，徐正就不好再約見面了，只好說：「是這樣，我們海川市新機場項目的立項審批已經到了發改委了，我想劉司長能不能幫我們市裡督促一下。」

劉傑遲疑了一下，說：「到了發改委了嗎？怎麼傅華也沒跟我說一聲，這個人真是的，早跟我說一聲，我自然會督促周處長的，徐市長就不用專程跑這一趟北京了。」

徐正被噎了一下，他很清楚傅華現在的狀態，傅華肯定是不能早跟劉傑打什麼招呼的。

徐正笑笑說：「這個劉司長可能有所不知，傅華同志目前是在休假期間，這些日子，我們駐京辦就沒跟你聯繫過嗎？」

劉傑說：「還真沒有。不過也無所謂，徐市長你現在跟我說也是一樣的，你放心，我會督促周處長趕快辦理的。還有別的事情嗎？」

徐正再次說：「這是目前我們市裡的工作重點，就請劉司長為我們多費心了。」

劉傑說：「徐市長真是客氣了，我們都是朋友嘛，不用謝的。好啦，上邊催我開會了，我掛了。」

劉傑雖然說得很客氣，卻實實在在拒絕了徐正見面的要求，徐正嗅出了一絲不祥的味道，似乎劉傑對自己有了什麼意見似的。他把林東叫了來，問道：

「我要你跟發改委的領導同志多溝通，你溝通了什麼了？怎麼劉傑司長連我們新機場的立項審批到了發改委都不知道？」

林東心虛的看了看徐正，他倒不是沒想要跟劉傑溝通，可是劉傑根本就不搭理他，他要溝通也溝通不上。

林東解釋說：「是這樣，徐市長，我們主要跟基礎產業司的民航處在溝通，那裏是正管。劉司長那裏太忙，平常很難接觸上。」

徐正看了看林東，林東這麼說也不無道理，立項審批是需要通過民航處的，主要溝通對象是應該在民航處。難怪劉傑像是對自己有了意見，他肯定是對林東這種越過他直接接觸周陽的做法有些反感，認爲海川駐京辦過河拆橋。

徐正說：「你說的不錯，不過，當初民航處的周處長是通過劉傑司長認識的，現在越過他，總是不太好，他們都在一個單位，難免相互說起，這會讓劉傑對我們有意見的。」

林東心說，我倒不想越過他，可是他不給我不越過去的機會，我又能怎麼辦？不過總算把徐正給敷衍過去了。便笑笑說：

「徐市長您批評的對，我今後一定注意改進自己的工作方法。」

徐正說：「這麼說，周陽處長那邊跟我們的關係還不錯了？」

周陽那邊實際上對林東也很冷淡，文件交接之類的，都是民航處下面的工作人員負責，林東也很難接觸到周陽，可是他不能在徐正面前承認這一點，承認了就等於是說他無能，便說：

「是，很不錯，周處長經常跟我們通電話，他說有什麼情況隨時通知我們。」

徐正心說：總算還有一頭能夠溝通，只要民航處這邊沒什麼問題，新機場立項就沒問題，便說：「那就好。我給他個電話，約他出來坐一下。」

徐正撥通了周陽的電話：「你好，周處長。」

周陽有點冷淡地說：「你好，哪位？」

徐正心裏彆扭了一下，鬧了半天，周陽連他的名字都沒記住，不過，他在發改委是見過周陽訓斥副省長的，心知這個周陽有點傲慢，自己更是不在周陽的眼中了。

徐正強笑了一下，說：「周處長，你真是貴人多忘事啊，我是海川市市長徐正啊。」

周陽仍然不很熱情地說：「哦，徐市長啊，找我有什麼事嗎？」

徐正心裏一肚子氣，心說我們海川市在你那兒還有什麼事，不就是新機場立項的事情嗎？裝什麼糊塗啊？發改委這些傢伙還真是神氣。

不過有求於人，徐正只能咽下這口氣，笑笑說：

「周處長，是這樣，海川市新機場立項審批不是到了你們那兒嗎？」

周陽這下倒沒裝糊塗，笑了笑，說：

「哦，海川新機場項目是吧？我知道了，徐市長啊，你們下面這些領導也不要什麼事情都弄得這麼急嘛，資料送進來了不假，可是審批是需要時間的，有些程序是必須要走的，耐心一點吧，不要老是催來催去的好不好？」

徐正聽周陽這麼說，不由得看了林東一眼，這可不像林東所說的有什麼情況隨時通知的語氣，看來周陽這裏，林東關係處得也不怎麼樣。

徐正笑了笑說：「周處長，你誤會我的意思了，我並不是催你，我只是想問問新機場項目審批的進展情況，並沒有催促的意思。」

周陽說：「哦，徐市長原來不是來催促的，那我誤會了，不好意思。你要問新機場項目審批的進展情況是吧？現在的進展情況很不錯啊，一切都在順利向前推進，不久就應該有結果的。」

這句話說得太泛泛了，說了等於沒說，「一切順利向前推進」，當然是順利往前推進啦，否則早被打回來了。

可是周陽這句話堵死了徐正下面的話頭，他無法再詢問新機場審批具體進展到什麼程度了，只好說：「進展順利就好，那周處長什麼時間有空出來聚一下啊？」

周陽冷冷地說：「徐市長，情況我都告訴你了，見了面也沒什麼好說的了，聚會就算了。」

徐正陪笑著說：「周處長，出來一下嘛，我們就是出來散散心，不談公事。」

周陽說：「我們單位最近挺忙的，以後有機會再說吧。」說完，沒等徐正有進一步的反應，便將電話給掛掉了。

周陽這麼不給自己面子，徐正氣得臉都綠了，他看著一旁的林東，問道：「這就是你溝通的？你都跟周處長溝通些什麼了？」

林東原本以爲市長親自打電話，周陽多少會給徐正一點面子，應酬一下，他這邊就算遮掩過去了，哪想到周陽比市長大的官都沒看在眼中，更何況徐正了。

林東低下了頭，狡辯說：「平常周處長挺好說話的，今天也不知道是怎麼了。」

徐正呵斥道：「平常好說話，單單我這個市長親自給他打電話就不好說話了，你是不是想說責任在我這個市長啊？」

林東不說話了。

徐正狠狠的瞪了林東一眼，罵道：

「這就是你幹的工作嗎？讓你跟發改委的領導們搞好關係，你就是這樣搞好關係的？真是爛泥扶不上牆。」

林東只是低著頭，還是不說話。

徐正罵完，頭腦冷靜下來，罵是不能解決問題的，他想要的新機場項目快速通過審批還是無法達成。

徐正是瞭解發改委的運作程序的，這麼大的國家，有多少項目在等著審批啊，你說你的項目重大，還有比你更重大的項目在等著呢。不用說周陽和劉傑故意拖延了，就是按照正常程序走，新機場項目的審批也不是短時間能夠得以通過的。如果這裏面哪方面再出了什麼紕漏，那更不知道會拖到什麼時候了。

這可不是徐正願意看到的狀態，他很想趕快做出點成績給郭奎看看，好一改自己的頹勢，重振往日的雄風，這樣子下去可不行。

他坐在那裏想了半天，知道要想運作好劉傑和周陽，恐怕還得必須由傅華出馬了。徐正還記得當初跟傅華到發改委拜訪劉傑的情形，傅華送了一個有老虎伍茲簽名的高爾夫球讓劉傑十分高興，這種真心交朋友的溝通方式才是牢固的，能起到四兩撥千金的效果，而不是建立在利益交換的那種基礎之上的溝通。

徐正雖然不情願啓用傅華，可是眼下也沒別的辦法可想，不過，這些日子把傅華也冷落得夠了，算是小小懲戒了他一番，也是時候該放過他了。

徐正沒好氣地問道：「傅華這些天都在幹什麼？」

見徐正問起傅華，林東就知道徐正是要重新啓用傅華了，他雖然心裏不情願，可是眼前這個局面他應付不了，讓傅華出來倒是一個解決問題的辦法，便說：「他這些日子一直在家，沒來上班。」

徐正雖然知道傅華爲什麼不來上班，可領導的威風還是要耍的，便說：「他這算什麼態度啊，他還是駐京辦的工作人員，怎麼能不來上班呢？還有沒有組織紀律了？你把他叫過來。」

林東不敢怠慢，趕忙撥通了傅華的電話，跟傅華說徐市長到了北京，想要見他，要他馬上趕到駐京辦來。

聽林東這麼說，傅華馬上就敏感的意識到，肯定是徐正有事要叫自己去做了，八成是賈昊和劉傑他們在什麼地方難爲了徐正，逼著徐正不得不低下頭來找自己。

傅華對徐正這種反覆無常的態度十分的反感，心說：你如果要整我就整到底嘛，這麼反反覆覆算不算男人啊，這個樣子，就連我都有些看不起你。

傅華有心不去，他這些天想過很多，雖然有些不捨，可是對這種被上面隨意拿捏的滋味他實在是受夠了，駐京辦主任這個位置就有點像雞肋，他感覺應該就像楊修當初解讀曹操雞肋這個口令的意思一樣，早日離開好了。

可是就算是要離開，也是需要跟徐正見見面交代一下的，做事總要做到有頭有尾。傅華便說：「好的，你跟徐市長說一聲，我馬上就到。」

掛了電話，傅華想了想，並沒有急著去駐京辦，而是先打電話給劉傑，他估計徐正這次來北京最大的可能，是來跑新機場項目的，如果徐正遇到了什麼難題，肯定是在劉傑這裏。

劉傑接通了電話，說：「傅老弟，找我幹什麼？」

傅華說：「劉哥，我們市長找我，你知不知道是爲了什麼？」

劉傑笑說：「他在我和周陽這裏碰了釘子，知道疼了，才想起來找你了。老弟啊，你現在的情況我都知道了，我和賈昊的意思一樣，咱們的兄弟豈能這麼隨便被欺負？」

傅華笑笑說：「謝謝劉哥幫我做面子了。」

劉傑笑說：「舉手之勞。我聽賈昊說，你有不想幹駐京辦主任的意思，現在面子做給你了，你想怎麼做就怎麼做，不用顧慮我們，最好是你去好好教訓徐正那傢伙一頓，然後甩手不幹了，氣死那傢伙。」

傅華哈哈大笑了起來，這劉傑身上有些江湖氣，讓人感覺十分的仗義。他說：「那我先去見見他再說吧。」

劉傑說：「行啊，你要做什麼就去做，哥哥我是支持你的。」

小人作風

傅華知道自己永遠不會跟徐正成為一類人，他更加不屑徐正的為人了。
這種人也很難讓人相信，現在要用到你，可以低聲下氣跟你說盡好話；
等回頭用不到你了，就又換了一副嘴臉，把你扔到一邊，
典型是小人的作風。

瞭解了徐正為什麼找自己，傅華心中就更有了底氣，他收拾了一下，回到駐京辦，在原來是自己現在卻成了林東的辦公室裡，見到了徐正。

傅華一見到徐正，便說：「徐市長到北京了。」

徐正擺出一副上司的威風，冷冷地瞅了傅華一眼，說：「傅華同志，你是怎麼回事啊？怎麼可以隨便不來上班呢？」

傅華心裏十分的厭惡，心說你裝什麼裝，我為什麼不來上班你不清楚嗎？不過，傅華向來不是衝動的人，他也不想做出什麼生氣的樣子，那樣反而會讓徐正看了心裏高興，便一副好整以暇的樣子笑笑說：「這是林主任體貼我，讓我回家休息幾天。」

徐正訓道：「那也不能這麼長時間不來上班，你忘了你還是駐京辦主任了嗎？」

傅華笑了，說：「我還是主任嗎？我記得是林主任告訴我，市裡讓他代理主任了，是吧，林主任？」

林東不知道該如何回答，說是吧，剛才徐正明明說傅華還是主任，直接否認了代理一說；說不是吧，可當時市裡明明說了這話的，他求救的看了看徐正。

徐正說：「傅華同志，你讓我怎麼說你好呢？那幾天你被檢察院帶走，市裡是說駐京辦暫時先由林東同志管理，這不過是一個緊急的應對措施，你回來，林東同志的使命就完成了，你就應該把駐京辦管起來。」

徐正這麼一說，把責任推得一乾二淨，倒像是傅華自己有所誤會了。傅華可不想讓事情這麼含糊過去，便說：「可是我回來，林東同志明明告訴我，他被市裡正式任命代理主任了。」

徐正瞪了林東一眼，說：「林東同志，你怎麼可以說這種不負責任的話呢？什麼正式任命，明明只是口頭說在傅華同志回來之前讓你暫時負責一下，你怎麼就拿著雞毛當令箭了？」

林東還想爭辯，卻被徐正狠狠的瞪得把話咽了回去。

徐正又看著傅華，說：「傅華同志你也是的，上面什麼時候正式下文免了你的主任了？你怎麼一點分辨能力都沒有啊？就這麼聽任駐京辦的工作沒人管理啊？」

傅華心知徐正是因爲希望新機場項目早日通過發改委這一關才做這番表演的，心中更加厭惡徐正了，不過他心裏也有些佩服徐正這翻雲覆雨的本事，自己怎麼就是做不到這一點呢？

傅華知道自己永遠不會跟徐正成爲一類人，他更加不屑徐正的爲人了。這種人也很難讓人相信，現在要用到你，可以低聲下氣跟你說盡好話；等回頭用不到你了，就又換了一副嘴臉，把你扔到一邊，典型是小人的作風。

傅華自嘲說：「鬧了半天我還是駐京辦主任啊，這我可真是沒想到。看來徐市長說我一點分辨能力都沒有還真是說對了，我這些天在家裏休息，也認真考慮過像我這樣沒有分辨能力的人是否勝任這個駐京辦主任的問題，想到最後，我覺得我確實不能勝任。原本我還覺得上面不讓我繼續擔任主任是很英明的，我也不需要再費事辭職什麼的。沒想到現在我竟然還在這個不能勝任的位置上，又有這麼長時間沒有管理駐京辦的工作，更是不負責任。正好今天徐市長和林主任都在，我向二位正式提出辭職，也算對市裏面有所交代。」

徐正愣了，他剛才批評傅華那些話，其實是給自己找臺階下，只要傅華低低頭，這個場面大家就過去了，傅華就可以重新坐回駐京辦主任這個位置，一切又都可以重上軌道。

這如果是遇到一個貪戀權位的人，順著徐正給的臺階，在徐正面前自我批評幾句，場面就圓下來了。哪知道傅華對他這陰一套陽一套的做法已經反感透了，傅華感覺自己在駐京辦主任這個位置上可以被人隨意拿捏，這跟他的個性是不符合的，也就沒有了戀棧的意思。

徐正臉頰不經意地抽動了一下，心裏暗罵傅華不識抬舉，不過他現在要用到傅華，雖然已是滿腔怒火，也只能好言慰留。

徐正強笑了一下，說：「傅華同志，工作可不是這麼幹的，不要被批評幾句，就要性子要辭職什麼的。我批評你，也是本著對工作認真負責的態度，語氣可能是有些重了，可我也是爲駐京辦好嘛。」

徐正說完，掃了林東一眼，示意林東趕緊說點什麼來圓場。

林東領會了徐正的意思，趕忙陪笑著說：「對啊，傅主任，你不要誤會了徐市長的意思，他是對駐京辦這段時間工作不滿意才提出批評的，這責任應該在我，是我沒做好相關工作，讓傅主任也跟著受批評。」

傅華笑了，說：「徐市長，我不是因爲你批評我而賭氣，確實是認爲我不適合再擔任駐京辦主任這個職務了，這是我經過深思熟慮才做出的決定。所以二位也不用勸我了，至於交接嘛，林主任已經管理駐京辦一段時間了，我想不需要再有什麼交接手續了吧？」

徐正的臉色青了，他看出來傅華這並不是開玩笑，而是很堅決地要辭職。這傅華真是混蛋，被擱置了這麼長時間不提出辭職，偏偏等到自己找到他的時候他要辭職。這傢伙是不是看透了自己要求他了，才想趁機拿自己一把？

徐正心中憤恨，冷冷地看了看傅華，說：「傅主任，我有些奇怪，爲什麼你偏偏在我找你的時候提出要辭職，你是不是覺得駐京辦少了你就不行了？」

傅華知道徐正心裏不會痛快，不過他現在去意已決，徐正的喜怒對他來說就沒有什麼關係了，便笑笑說：

「我不是那個意思，這地球少了誰都是一樣轉的。我之所以現在辭職，是想能夠清清楚楚的離開，我不想在自己被擱置的時候，像逃兵一樣離開。現在上面既然認爲我沒有犯什麼錯誤，那我離開也是光明正大的了。」

徐正看了看傅華，在他眼中，傅華笑嘻嘻的，就是一副幸災樂禍的樣子，心中更加認爲傅華選這個時機提出辭職，是想趁機報復自己，說不定劉傑和周陽跟自己通完電話之後，就跟傅華說了自己找他們的情況；又或者，劉傑和周陽這麼對待自己，就是因爲傅華事先跟他們有過什麼溝通，反正徐正懷疑劉傑和周陽拒絕自己的約見，一定是與傅華有關。

這傢伙身後有趙凱這個奧援，對駐京辦主任這個位置自然不會太在乎，離開這個位置，他可能的選擇會更多。

不能讓這傢伙稱心如意，你想輕鬆的離開沒那麼容易！徐正心裏冷笑了一聲：傅華啊，你想得美，什麼時候也輪不到你來做決定。便說：

「傅主任，你以爲海川駐京辦是什麼地方？駐京辦是有組織紀律的地方，你可以說來就來，說走就走嗎？」

傅華被說得愣了一下，他原本以爲自己提出辭職，雖然在這個時機上會讓徐正有些彆扭，可最終還是趁了徐正的心的，他一定不會阻攔自己的。沒想到真的提出辭職了，徐正竟然出人意料的不讓他走。

不過事情已經鬧到這個份上，現在就算徐正真心想挽留自己，傅華也沒有留下來的打算。更何況，就傅華對徐正的瞭解來看，他肯定不會是真心想留自己，他這麼做，還不知道在憋著什麼壞呢。

傅華便語氣堅定地說：「徐市長，我去意已決。」

徐正說：「我不管你是不是去意已決，你是一名黨的幹部，應該知道黨的領導幹部辭職是有相關規定的，應該以書面形式向黨委提出辭職申請。你向我提出辭職根本不符合規定，我也沒權力批准或者不批准你的申請。所以你現在還是駐京辦主任。」

傅華說：「那行啊，我會書面向市委提出辭職申請的。」

徐正說：「你提不提出我不管，我只管你的辭職沒被批准之前就還是駐京辦主任，你要好好給我盡你應盡的職責。」

傅華愣了一下，徐正這話說在了理上，他還真是不能在這個時候甩手而去。這就是所謂的君子可以欺之以方，他們總是被一些所謂的道德規範或規則束縛住了手腳，做什麼都要從規則的角度去考慮。

傅華是一個很守原則的人，真被徐正的話套住了，便說：「那好吧，既然徐市長這麼說，我就再堅持幾天，等市裡同意我的辭職再走。」

徐正說：「你做好自己的本分就好，醜話說在前面，這段時間你如果有什麼失職，別說我處分你。」

徐正說完，甩手而去。

看徐正惱火的離開，傅華心裏暗自好笑，他看了看林東，既然自己還要在這裏做主任一段時間，就還需要在這裏辦公，心說林東啊，對不起了，便笑笑說：「林主任，不好意思啊，你看這辦公室怎麼辦啊？」

林東尷尬地說：「好辦，好辦，我馬上就將自己的東西搬出去，將傅主任的東西送進來。」

傅華不想在這裏看著林東忙亂，便說：「那好，你在這兒忙，我先去章總那裏坐一坐。」

傅華就離開了辦公室，去了章鳳那兒。

章鳳看到傅華，笑著說：「怎麼，被你們市長叫來了？」

徐正到北京後住在海川大廈，章鳳很清楚他的行蹤。

傅華苦笑了一下，說：「沒辦法，人家說我還是駐京辦主任，讓我回來，我只好回來了。」

章鳳不屑地說：「這傢伙是不是無賴啊？不讓你復職的是他，現在說你還是駐京辦主任的也是他，他官大嘴也大啊？想怎麼說就怎麼說？」

傅華無奈說：「他現在是又要用到我了，所以又記起我是駐京辦主任了。」

章鳳氣憤地說：「別理他，用著人靠前，不用人靠後，什麼人啊。」

傅華說：「我是不想理他，可是眼前不理他還不行，我們這些幹部辭職是有相應的規定的，在沒有正式批准之前，我還得把這裏管理下去。我又得回來做些日子主任，林東在下面給我騰辦公室呢。」

章鳳笑了，說：「林東那傢伙是不是氣壞了？這下子，他取代你的夢想又破滅了。」

傅華笑笑說：「那也沒辦法，誰叫徐正非要暫時留下我呢。不過，林東也不是那塊材料，就算我不做主任了，市裏面也不一定會用他。」

章鳳說：「其實，傅華，如果不是鬧成這樣，還是你做這個主任比較好一點，大家配合的也比較好。」

傅華嘆了口氣，說：「我現在弄不清楚徐正阻攔我辭職的意圖，但我想，他絕對不是想對我好的。」

章鳳說：「是啊，有這麼一個多疑的領導在上面是夠麻煩的。」

傅華又跟章鳳閒聊了一會兒，估計林東搬得差不多了，就回去自己的辦公室。剛坐下，就有人敲門，羅雨和高月走了進來。

羅雨高興地說：「傅主任，你總算回來了。」

高月也說：「對啊，我跟小羅倆個都盼著你回來呢。」

傅華笑笑說：「你們別高興了，我是回來寫辭職書的。」

羅雨和高月的臉立時沉了下來，高月說：「傅主任，你爲什麼要辭職啊？駐京辦裏該辭職的怎麼也輪不到你啊，我們駐京辦這些家當都是你一手置辦的，你走了就捨得？」

傅華笑笑說：「小羅、高月，你們也應該知道我這段時間爲什麼沒來吧？你們說，我還能留下來嗎？」

羅雨勸說：「可是傅主任，你這一走，林東除了算計他那一點小利益之外，其他根本就頂不起來，你走了，駐京辦就又回到老路上了，別走了好不好？」

傅華無奈說：「我這也是被逼的，我留下來實在也沒意思了。」

高月說：「那你就不管我們了？」

傅華笑說：「我也捨不得你們，好啦，我還會在這裏待一些時間的。對了，你們倆準備什麼時候請我喝喜酒啊？」

高月臉一下子紅了，說：「傅主任，你這麼些天沒見，怎麼說起瘋話來了？」

傅華笑笑，看著羅雨說：「小羅啊，革命尚未成功，同志仍需努力啊。」

羅雨嘿嘿笑說：「我會加把勁的。」

高月推了羅雨一下，說：「你就跟傅主任瞎說，加什麼勁啊。」

傅華笑了，說：「好啦，我是希望能盡快喝上你們的喜酒的。對了，我回來這段時間，你們工作上多注意一點，別被人挑毛病。」

羅雨看了看傅華，說：「你是說林東會找麻煩？」

傅華搖搖頭說：「林東我倒不怕，我怕上面的領導會不滿意我回來的工作。」

羅雨說：「我明白了，我們會注意的。」

徐正跟傅華之間雖然沒公開決裂，可也鬧得十分不愉快，徐正心知傅華對前陣子他被放回來後自己遲遲沒有表態耿耿於懷，清楚知道這一次北京之行是白跑了，再留在北京也無法讓傅華去安排自己跟劉傑和周陽的見面，他留下去也沒什麼意思，就在第二天匆匆離開了北京。

傅華倒仍是履行他駐京辦主任的職責，親自將徐正送到了機場，不過一路上兩個人臉都板著，沒做過任何交流，氣氛僵到了不行。

送走了徐正，傅華隨即寫了辭職申請，直接寄給了市委書記張琳。

張琳接到傅華的辭職申請，心中有些詫異，他對傅華的情況是有些瞭解的，知道他是一個很有能力的幹部，接手駐京辦以來，讓原本一潭死水的駐京辦變得十分的有起色，各方面對傅華的評價都很好。這樣一個做得很好的幹部怎麼會突然提出要辭職呢？

這些年，張琳在海川政壇一直謹守自己的本分，尤其是在孫永和曲煒還有徐正的政治爭鬥中，小心的保持著中立，這一來符合他市委副書記的身分，相比市委書記和市長來說，他掌握的可分配資源相對比較少，他需要在這兩者之間周旋，不以兩者爲敵，才能站穩自己的腳跟；二來，這不站在爭鬥兩個陣營任何一邊的策略，也讓張琳獲得了最大的好處，在孫永和兩任市長的爭鬥中，從來還沒有一方佔據絕對的優勢，任何一方想要在爭鬥中獲勝，都必須示好於中立一方，張琳借著這種可以左右逢源的態勢，也建立起了自己在海川的人脈。

如今，形勢變了，自己成了海川市的市委書記，成了海川市的一把手，再也不能像以往一樣游離在市委書記和市長之間做中立派了。他是海川市兩極領導中的一極，不可能再中立，而且他想要做這兩極領導中強的一極，以便爲自己的仕途爭取到美好的未來。無論從能力還是年紀來說，張琳都覺得自己應該擁有這個美好的未來的。

雖然都有爭強之心，不過張琳跟孫永還是有很大的不同，最大的不同就在於，張琳是一個有自己個性、有原則的人，他也比孫永度量要大，能容得下像曲煒和徐正這種能幹事的市長。

私下裏，他其實對孫永想方設法要擠走曲煒和徐正很不解，市長就是做得再好，也是在市委的領導之下的，市長的成績加以必要的引導，其實就是市委書記的成績，為什麼非要把他們當成對手呢？

在可能的情況下，張琳認為他這個市委書記是很願意跟市長合作的，但前提是這個市長不要騎到他的頭上。他相信自己有能力化市長的成績為自己的成績的。

其實，一個市的市委書記和市長究竟誰是實際意義上的一把手，有時候是很難說的，這要取決於兩人各自的能力和個性。有個性較弱的書記遇到了個性較強的市長，書記反過來讓著市長的；也有市長本身各方面包括背景、能力等因素太過強勢，書記根本就沒有跟他爭鋒的實力的。

張琳和徐正做同事也有些日子了，對徐正的個性基本上心中有數，徐正個性強硬不假，可是還沒有強硬到不可控制的地步。張琳心裏明白，只要策略得當，他還是能和徐正搭好這個班子的。

張琳知道該如何對付個性強的人，這種人不能對他們有太多限制，相反，要給他們適當的空間，讓他們有自己表現的舞臺。但是也不能一點都不加以控制，如果讓他們過於獨立，那他們會覺得工作取得的成績完全是自己的功勞，也就不會願意跟別人分享，那時候，不但自己這個市委書記領不到功勞，反而會造成相互之間的芥蒂。

最好的方式是市委書記對市長的工作從旁提供適當的幫助，出了成績有自己一份，關係也能相處的融洽。所以張琳是願意跟徐正配合的，他知道只有配合好了，才能對自己的未來發展有利。

徐正眼下的處境也給張琳提供了一個很好的機會，孫永沒出事之前，徐正差一點就被擠出海川，現在孫永出事了，徐正雖然留任了，可是海通客車的事已經把他鬧得灰頭土臉，氣勢低落了很多，原本跟孫永對抗時的那股囂張勁也沒有了。張琳相信，在這個時候自己對徐正多支持一點，徐正一定會心存感激的。

張書記知道傅華算是徐正手下一個得力的幹將，徐正來海川做的幾件大事，都與傅華相關，因此接到了傅華的辭職申請不得不慎重些。

張書記把徐正找了來，把辭職申請給徐正看，問說：「老徐，你知道這件事情嗎？」

徐正說：「我知道這件事，傅華這個同志啊，唉，叫我說什麼好呢？」

張琳笑笑說：「怎麼回事啊？」

徐正說：「是這樣，前段時間海通客車出的那件事，張書記知道吧？」

張琳說：「我知道啊，這裏面還有傅華什麼事嗎？」

徐正說：「因爲那件事，傅華被檢察院叫去協助調查了十幾天，這十幾天，市裏讓林東暫時管理駐京辦，結果傅華沒事出來後，就對市裏有些誤會，覺得市裏不應該讓林東暫時管理駐京辦，好像是想讓林東取代他，就鬧意見非要辭職不可。」

張琳說：「傅華這個同志我聽說是有些能力的，不會這麼不懂事理吧？」

徐正搖了搖頭，說：「能力是有，可就是心路不夠寬，我前幾天去北京時，他當著我的面提出辭職過，被我批評了一通，我認爲他是個人才，對我們海川市駐京辦有一定貢獻，所以認真挽留了他一番。沒想到他還是不肯打消辭職的念頭，又把辭職信寄到了你這裏來了。」

張琳看了看徐正，說：「哦，是這樣啊，那老徐你的意思，是留他還是讓他走人呢？」

徐正認真地想過這個問題，留或者趕傅華走，這還真是一個問題，無論做哪個選擇，徐正的心裏都不是那麼舒服。趕傅華走吧，原本徐正是很想這麼做的，可是現在是傅華主動提出來，他再讓傅華走，就有一種遂了傅華心願的不舒服感。可是留下傅華吧，今後的配合上肯定會很彆扭的。

最終，徐正決定還是先留下傅華，讓傅華走，傅華自己痛快了，他也拿捏不到傅華了，沒這樣的好事。傅華走不是不可以，但要等到自己拿到他的把柄，把他趕走的那一天。再說，現在徐正也找不到一個能夠替代傅華的人，現在很多工作都需要傅華配合。

徐正笑笑，說：「張書記，我是很不願意傅華同志離開的，他走了對我們是一大損失。」

張琳說：「那這樣的話，我們還是盡力把他留下來吧。」

不過，傅華現在去意已決，表面上的挽留是沒法讓他留下來的，也許需要讓張琳這個市委書記親自出面才有可能將他留下了，徐正便說：

「如果真要留下他來，怕是需要張書記你出面，我是無能爲力了。」

張琳也正有此意，他實際上並不完全相信徐正對傅華的說法，在張琳看來，事情絕對不是傅華對林東臨時代理了他有了意見，而是徐正似乎在某些方面對傅華有了意見，或者在某些方面給傅華找了什麼麻煩，這才逼著傅華不得不選擇辭職。

在曲煒做市長、傅華做秘書的時期，張琳就瞭解傅華做事的風格，內心中很欣賞傅華這種能幹事又有操守的幹部。像傅華這樣的人才是可遇而不可求的，當時他就很想擁有一個像傅華這樣的屬下。可是以前傅華是曲煒重要的親信，他沒有機會將他收歸麾下，現在機會來了，傅華和徐正鬧彆扭正好給了他一個籠絡傅華的良機。

當然事情還是有輕重的，如果徐正一開始就說要讓傅華走人，張琳也不會選擇讓傅華留下的，他這時候剛成爲市委書記，不好爲了一個駐京辦主任就跟市長直接對抗，那樣，他這個市委書記可能一開局就會跟徐正把局面鬧僵，對張琳來說得不償失。所以他先徵詢了一下徐正的意見，現在徐正表態說想留下傅華，這正是張琳想要的，一方面這樣做好像是在幫徐正的忙，另一方面他也可以趁機籠絡傅華爲己所用，真是一舉兩得。

張琳笑笑說：「老徐你真是客氣，既然是你需要用到的人才，我出出面也沒什麼啊。行，回頭我找機會跟他好好談談。」

徐正看了看張琳，他對張琳這麼說心裏感到很舒服，看來張琳對他還是很尊重的。

一直以來，張琳在徐正心目中是一個很平庸溫和的人，在他到海川任市長這段時期，一直是在扮演一個老好人的角色，周旋在他和孫永之間，誰都不得罪。說實話，徐正心中其實是有些看不起這種牆頭草做法的，一個大男人做事情瞻前顧後，根本就不是一個能挺直脊梁的男人。

徐正認爲如果不是他跟孫永政治鬥爭，給郭奎造成了一個惡劣的印象，張琳本來是沒有機會坐到市委書記這個寶座上去的。這讓徐正有一種讓這種平庸的人撿了便宜的感覺。因此雖然張琳成了市委書記，徐正卻認爲張琳並不是憑真本事上位的，因此對張琳用這麼謙卑的口吻跟自己說話便有些受之坦然，好像張琳本就應該對他這麼尊重似的。

當然徐正現在也知道自己目前的境況並不是太好，海通客車的問題以及他跟孫永之間的政治衝突，讓省裏對他有了不好的看法，眼下正是需要夾著尾巴做人的時候，他也就沒有什麼自傲的資本，因此對張琳也是需要多少尊重一些的。

徐正笑笑說：「張書記願意出面那最好啦。不過這個傅華確實有點倔強，張書記到時候怕是要費一番口舌的。」

徐正就算要留下傅華，也不想讓張琳對傅華有什麼好印象，因此不忘記有機會就說傅華的壞話。

張琳笑說：「那我就耐心點，多做一點工作，人才嘛，都是有些個性的。正好過幾天我準備去趟北京，去見見一些老領導，到時候我跟傅華同志好好談談。」

徐正立刻說：「張書記還真是惜才啊，傅華遇到了你真是幸運。」

張琳笑了，說：「老徐啊，這不是傅華幸不幸運的問題。你們做同事已經有些日子了，互相也都瞭解。實話說，上面把海川市委書記這副重擔放到我肩上，我是有些誠惶誠恐的，我知道自己能力有限，生怕力有不逮，搞不好海川的工作。你說我惜才，確實是，不過，我這是爲你在惜才，你能力強，我希望能留住對你有用的人才，你就可以把市裏的工作搞得更好，你搞好了市裏的工作，就代表我也搞好了海川市的工作。我們倆的工作是相輔相成的，不是嗎？」

這一番以交心口吻的話，說得徐正心裏很熨帖，徐正心說：這傢伙倒還算實在，知道我比他能力強，便笑笑說：「張書記，你這話說的真是很正確，我們的工作確實是相輔相成的，是需要相互配合好才能做好的。」

張琳說：「對啊，我想孫永就是不知道這一點，才會讓市委和市府之間關係搞得那麼僵。我們倆要認真吸取他的教訓，今後要多交流意見，就像今天傅華這種情況一樣，什麼地方需要我配合的，跟我說一聲，只要是有利於海川市經濟興旺發展的，我這個市委書記一定會好好配合的。」

徐正滿意地笑了，說：「有張書記這個態度，我想我們一定會配合得很好的。」

張琳說：「那就讓我們兩個共同努力，將海川經濟帶上一個新的臺階。」

兩人的手握到了一起，相互看了看對方，同時哈哈大笑起來。

笑完，兩人又說了一些別的事情，徐正這才很高興的離開了張琳的辦公室。

徐正剛走出張琳的辦公室，張琳的臉就沉了下來，他看得出來徐正在內心中根本就不認爲他這個市委書記是一把手，對他這個市委書記有些輕視，絲毫沒有表現出市長應該接受市委書記領導的意思。

張琳認爲自己已經把姿態放得很低了，一再說要配合徐正的工作，這甚至有些過於謙卑了，徐正知趣的話，起碼應該給他一點必要的尊重，畢竟他這個市委書記才是海川市真正的一把手。可是徐正根本就沒有，說什麼「有張書記這個態度，我想我們一定會配合得很好的」，這像一個副手說的話嗎？這話說得倒好像他是一把手，自己是他的副手一樣。

這個徐正啊，真是給他三分顏色，他就敢開染坊，難怪孫永對徐正那麼看不慣。看來這徐正根本就沒把自己這個市委書記當回事情，張琳在心中暗自笑笑，徐正啊，就衝這一點我就覺得你的格局不行，成不了大器；真正有才能的人都是虛懷如谷的，起碼應該知道自己的本分，知道在自身的位置上應該怎麼做事情，而不是像你這樣囂張的。

不過，雖然心裏彆扭，張琳卻沒有馬上還以顏色的意思，相反，他覺得自己應該再謙卑一些，徐正這樣的人看到他更謙卑，可能工作的主動性和積極性會更強，也更不會防備他，這無論從哪一方面來說對自己都是有利的。

至少在目前這個時期，張琳是願意維持這個局面下去的。

北京，傅華再度進入到工作的忙碌當中，之前在家休假時的疲憊感都沒有了，顯得精力十分充沛，每天一早就爬起來，匆忙趕去上班。

雖然他也明白自己這個駐京辦主任能夠擔任的時間不會很久，可是他還是全心全意的投入。

趙婷看到傅華這個興奮的狀態，笑罵道：「老公，你是不是犯賤啊，你的辭職信都已經寄出去了，還這麼認真幹什麼？」

傅華笑笑說：「做一天和尚撞一天鐘，只要我還是駐京辦主任，我就有責任管好它。」

趙婷說：「行了行了，你去忙吧，我也看出來了，你就是勞碌命，閒不下來，看休假那些日子給你鬱悶的，我在旁邊看你的樣子都難受。我說，要不你不要辭職了，我看你現在的狀態是最好的了。」

傅華笑著說：「去你的吧，我只是無法像你那麼閒散罷了。」

賈昊打電話來，詢問傅華的近況，傅華說自己回駐京辦繼續當主任了，不過已經正式提出了辭呈。

賈昊聽完，笑說：「小師弟啊，你這個態度怎麼行呢？讓你們市長隨便這麼一說，你就回去上班，你這叫什麼辭職，我看你還是對這個駐京辦主任有所留戀的。」

傅華說：「我都提出辭呈了，還留戀什麼？」

賈昊分析說：「你這個做法根本就不像要辭職的意思，真要辭職了，甩手就走，管什麼規定不規定的。」

傅華替自己辯解說：「師兄啊，話不能這麼說，我們都是身在仕途，應該知道這和社會上的公司是不同的，不能說走就走，總要做到有始有終吧？」

賈昊笑了，說：「不管怎麼說，你還是不夠決絕。」

傅華笑笑說：「對駐京辦我還是很有感情的，一下子還真無法做得太決絕。好了，不說這個了，週末有時間嗎？」

「幹嘛？」賈昊問。

傅華說：「我想約你和劉傑一起打高爾夫。」

賈昊想了想說：「我週末倒沒什麼安排，行啊，我們幾個也有段時間沒一起聚了。劉傑那邊我跟他說一聲好啦。」

週末，賈昊、劉傑和傅華在高爾夫球場見了面。

劉傑一見傅華，拍了拍他的肩膀，笑著說：「老弟啊，我聽賈主任說你提出辭呈了？挺好的，不再受那個徐正的鳥氣了。」

傅華說：「是啊，我受不了徐正老是陰一套陽一套的，不過暫時還需要忍耐一段時間。」

賈昊說：「你今天找我們來，是不是想跟我們聊一下你未來的打算啊，你放心，如果需要我們幫什麼忙的，只管說一聲，我和劉傑義不容辭。」

傅華笑笑說：「那我先謝謝兩位了。不過我今天約兩位出來，倒不是爲自己的事情，而是爲了海川市。新機場立項的事，劉哥你還得幫我們繼續督促著啊。」

劉傑愣了一下，說：「傅老弟，你這是什麼意思啊？你是不是不打算離開駐京辦啊？」

傅華解釋說：「駐京辦我肯定是要離開的，不過，新機場項目關乎到海川市未來的發展，我不能因爲跟徐正鬧彆扭而把這個好項目給耽擱了。」

劉傑說：「傅老弟，你這麼說就不對了，我們可沒有故意去爲難你們海川市，一切都還在正常審批當中，只是沒有你的參與，進度可能慢一點。不過，這才是正常的進度，你的離開並沒有影響什麼。」

傅華說：「我知道，可是時間不等人的，有劉哥的督促，海川新機場的落成不是也會早一點嗎？」

賈昊在一旁說：「你管那麼多幹什麼，反正你也離開了。」

傅華說：「這件事以後的發展我就不管了，可是新機場立項的事一開始我就跟著跑，我還是希望有個結果，就算是我留給海川駐京辦最後一點紀念吧。」

劉傑搖了搖頭，說：「你這話應該說給徐正那傢伙聽，讓他聽了好好想一想。我有時候對像徐正這樣的官員究竟是怎麼想的，真是感到不解，對傅老弟這樣一心爲了單位著想的屬下，應該更加重視才對，他怎麼就容不下你呢？」

賈昊笑笑說：「這有什麼費解的，小師弟是一心爲單位著想不假，可是他並沒有一心爲徐正著想，某些方面還可能惹到了徐正，他自然是必欲除之而後快了。」

劉傑冷笑了一聲，說：「一個單位中，不管怎麼樣是需要保留住一些能做事的人才的，不然只留一些庸才在裏面，這個單位也不能有很好的發展的。徐正連這個都想不明白，真是愚不可及。」

賈昊說：「好了，小師弟的辭呈已經遞出，徐正愚不愚蠢對我們來說並沒多大關係了。小師弟啊，我們還是討論一下你未來的動向吧。你上次跟我說想要做什麼連鎖酒店，考慮好了嗎？」

傅華笑笑說：「這個想法現在還不很成熟，我是受順達酒店經營方式的啓發，就想是不是也可以像順達酒店一樣，用一個統一的經營方式，在全國各地開設一個連鎖酒店，規模化經營，我想盈利前景一定很可觀。」

賈昊說：「那順達酒店豈不是成了你的競爭對手？」

傅華解釋：「我不會去經營像順達酒店那種豪華酒店的，我想經營價格相對低廉的低檔酒店，但是又不能像普通旅館那樣低檔，服務對象就是那些有一定消費能力卻還不能承擔豪華酒店消費的人群。這個消費群體我想一定很大。」

劉傑聽了，說：「我明白了，你想經營商務型酒店，這個國內已經有人開始做了，前景不錯。」

傅華點點頭，說：「對對，劉哥說的商務型酒店正好符合我的定位。」

賈昊說：「小師弟啊，你這個目標很大啊。」

傅華說：「我想國內經濟正是方興未艾之時，這種酒店的需求肯定很大，而經營者尚少，倒是可以插一手。」

劉傑笑笑說：「這個設想是很好的，那我們就等著看傅老弟大展宏圖了。」

第三章

私人沙龍

曉菲把蘇南和傅華迎進了沙龍裏，
傅華看到主人保留了工廠內部原有的鐵質樓梯和骨架，
牆壁上掛著西洋油畫，燈光朦朧，
既有古典風格，又保留了原來的工業氣息，
讓整個沙龍充滿了一種對立性的矛盾。

傍晚臨近下班的時候，蘇南的電話打了來，問傅華晚上有沒有什麼安排，傅華說沒有，蘇南說：「那跟我走吧，我就在你樓下。」

傅華趕忙跟趙婷打了個電話，說晚上不回去吃飯了，匆忙下了樓，就看到蘇南的車停在樓下。

上了車，傅華看了看蘇南，蘇南還是那樣顯得卓越不群，有一種出世的淡定。傅華猜測蘇南是爲了新機場案子來的，就直截了當的說：

「蘇董，可能你還不知道，我最近跟我們市長鬧得很不愉快，以後在新機場項目上，我可能幫不上你什麼忙了。」

蘇南聽了，說：「傅華啊，我在你眼中就只是一個生意人嗎？我不能算是你的朋友嗎？」

傅華笑笑說：「不是，說實話，我很願意跟蘇董這樣的人做朋友。」

蘇南說：「那你一來就跟我說什麼不能幫我的忙了，似乎我這個人眼中只有利益二字。跟你說，你的情形我都聽徐筠說了。前些日子我都在外地，今天才回來，就馬上來看看你。」

傅華訝異說：「你認識徐筠？」

蘇南點點頭說：「她父親是我父親的老部下。」

傅華笑說：「原來是這樣啊。」

蘇南說：「走吧，跟我去散散心。」

蘇南的司機發動了車子。路上，蘇南問傅華跟徐正之間究竟發生了什麼事情，聽了之後，蘇南搖了搖頭，說：「你們這市長心眼也太小了點。」

傅華笑笑，說：「以後你們振東集團跟他打交道的時候可要多注意些了。」

蘇南說：「我知道了。」

汽車一路出了北京市區，進了郊區的山裏，道路兩旁都是茂密的樹木。

傅華問道：「蘇董，我們這是去哪裡？」

蘇南說：「我朋友在這裏有一個沙龍，私人性質的，我們一起去玩一下。」

傅華並不十分明白這沙龍是指什麼，不過蘇南帶他去的，肯定不會是什麼差勁的地方。

汽車在一片工廠前面停了下來，傅華看這工廠外邊粗糙的牆皮，暗自有些詫異，這算是什麼沙龍啊，跟他心中想像的很不一樣，不過這個工廠占地面積很大，在郊區的山裏擁有這麼大一個工廠，也是需要很大的財力的。

蘇南和傅華下了車，往工廠裏走，邊走蘇南邊交代說：「傅華，這裏可以隨便一點，就是私人聚會聊天的地方。」

傅華點了點頭，說：「好的，我知道了。」

到了工廠的門前，門開了，一位三十歲左右的女人站在門口，笑著對蘇南說：「南哥，我可是好長時間沒看到你了。」

這個女人圓圓的臉，眼睛大大的，說不上是很漂亮，但氣質高雅，跟蘇南相對而站，亭亭玉立，氣勢上竟然絲毫不遜於蘇南。

蘇南打招呼說：「曉菲，我最近都在外地，所以沒能經常過來。來，我給你們介紹，這是我朋友傅華，這是沙龍的女主人曉菲。」

傅華跟曉菲握了握手，說：「你好，冒昧打攪了。」

曉菲上下打量著傅華，笑笑說：「你好，歡迎。」

曉菲把蘇南和傅華迎進了沙龍裏，傅華看到主人對工廠內部進行了裝修，保留了工廠內部原有的鐵質樓梯和骨架，牆壁上掛著西洋油畫，燈光朦朧，既有古典風格，又保留了原來的工業氣息，讓整個沙龍充滿了一種對立性的矛盾。

工廠裏散落的放著幾組沙發，沙發上已經坐了幾個人，有人看到蘇南，向他招招手，算是打了招呼，並沒有刻意站起來，顯得十分的隨意。

曉菲帶蘇南和傅華也到沙發上坐下，曉菲看了看蘇南，問道：「南哥，你們喝點什麼？」

蘇南說：「給我來一點蘇格蘭威士忌吧，你呢傅華？」

傅華說：「我也一樣吧。」

曉菲就向吧台招了招手，吧台的侍者就走了過來，曉菲說：「三杯蘇格蘭威士忌，給我們送點下酒的東西來。」

侍者就離開去安排了，一會兒，送過來三杯威士忌和幾碟下酒的小菜。

傅華對蘇南說：「我這還是第一次到沙龍來，原來沙龍是這個樣子的。」

蘇南介紹說：「沙龍是跟西方人學的，其實就是一種社交的地方，據說第一個辦沙龍的，是法國的一位侯爵夫人，她厭倦了宮廷裏繁瑣呆板的交際方式，就在自家客廳辦了沙龍，都是一些志趣相同的朋友聚會一堂，一邊喝著飲料，一邊天南地北的聊天。曉菲是留過洋的，就把洋人這一套搬了回來，買下這個工廠改裝了一下，作爲聊天的場所，其實就是小圈子裏一些好友不定期的聚會而已。」

傅華笑笑說：「這種形式我還是第一次見，是我有些孤陋寡聞了。」

曉菲看著傅華，說：「南哥還是第一次帶人加入這個圈子，方便我問一下傅先生是做什麼的嗎？」

傅華說：「說起來不值一提，我是海川市駐京辦的主任。」

曉菲有趣的看了一眼蘇南，然後說：「沒想到傅先生還是一位官員。」

蘇南說：「曉菲，我跟傅華只是覺得很投緣，是朋友，你跟他還不很熟悉，熟悉了你就知道，他是一個很有意思的人。」

曉菲哦了一聲，並沒有進一步說什麼。

傅華從曉菲的神態中隱約可以看出她實際上對自己的身分是有些不屑的，依他的估計，能在這個沙龍做客的，可能非富即貴，而且是蘇南這種身分的人的圈子，更是些不可小覷的人物。

傅華雖然心知這些人物，平常自己就是想要高攀都是高攀不上的，可是他心中並沒有受寵若驚的感覺，相反，他對曉菲對他不屑的態度還有些反感，他對這種關起門來自己裝高雅的做派感到很可笑。

傅華便笑笑說：「蘇董，你就是帶我到這種地方來散心啊？」

蘇南看了傅華一眼，問道：「怎麼了，我想你應該能適應這裏的氣氛吧？」

傅華搖了搖頭，說：「蘇董，你真是高看我了，這裏是你的圈子，你跟你的朋友氣味相投，自然在這裏是感覺最舒服的。」

蘇南問說：「你不也是我的朋友嗎？我覺得你在這裏也應該感覺很舒服。」

傅華笑笑說：「我跟蘇董是朋友不假，可是我們這種朋友跟這裏的朋友是不同的。我如果猜得沒錯的話，要是在外面遇到，我這樣一個駐京辦主任的小腳色，你這些朋友根本上都懶得理我吧？」

蘇南笑了，說：「傅華，不會吧？你是在自卑嗎？」

傅華搖了搖頭，說：「我不覺得比你們差了什麼，所以說不上自卑，只是這裡實在不是一個我可以隨意散心的地方，這裏的氛圍不適合我。」

看傅華這麼對蘇南說話，曉菲對他有了興趣，便對蘇南說：「南哥，你說的還真不錯，這位傅先生真是有意思，我還是第一次看到有人這麼對你說話。」

蘇南笑笑說：「傅華確實是一個很適合做朋友的人，所以我才把他帶到你的沙龍來。」

曉菲看了看傅華，說：「傅先生，我這裏有什麼讓你不自在的嗎？」

傅華說：「看得出來，你這裏什麼都很隨意，是在刻意營造一種輕鬆的氣氛，可是你們跟蘇董一樣，舉手投足之間很自然地就透出一種優越感，給人強烈的壓迫感，這種場合絕非能夠讓我放鬆下來的場合。」

曉菲笑笑說：「你不覺得這就是你的自卑心在作祟嗎？我們在這兒都覺得很輕鬆啊，沒人要去給別人什麼壓迫感的，我也沒覺得自己有什麼優越感啊？」

傅華說：「你們覺得輕鬆，因爲這裏是你們熟悉的環境，有你們熟悉的朋友，但是你們這些人平常日子都自覺優越，內心中就很自然的把自己看成了比別人高一等的人物。就像我進入這個沙龍，曉菲你實際上是在用審視的目光看著我，你在審視我是否配得上進入這個圈子，你不自覺地把人分成了幾等，而你的圈子可能在你心目中的級別很高，我並不配進入，只是你尊重蘇南，不想把那種不屑表現出來而已。」

曉菲聽了，笑說：「傅先生，你這人真是越來越有意思了。我記得以前有個人說過，人過於自卑了，反而會成為另外一種表現形式——自傲。你是不是就是這樣子的？心理極度自卑，就刻意表現出看不起我們的自傲來？」

傅華淡然地說：「我不知道你是怎麼想的，其實我並沒有看不起你們的意思，相反，我很羨慕你們身上這種似乎對什麼都不在乎的從容和優雅，這種從容和優雅是我怎麼學也無法學會的。只有從小在優渥的環境中長大的人才會有這種氣質，而我自小家庭環境艱苦，就連滿足日常生活的需要都很困難，想有你們這種優雅和從容是不可能的。如果你認為這是一種心理上的自卑，那我也無法否認。不過，反過來說，如果把你放到我習慣的環境中，相信你也會格格不入的，是不是你也會自卑呢？其實我認為，這不能算是什麼自卑不自卑的，只是不同圈子的人湊到了一起，心裏有些彆扭而已。」

蘇南笑說：「傅華，你這麼說我就有些不好意思了，是啊，我覺得我在這個圈子裏很隨意，很舒服，就認為你的氣質跟這個圈子很貼近，帶你來你也會感覺很舒服、很隨意的。看來我這麼想是有些自以為是了。」

傅華笑笑說：「蘇董，你不用感到歉意，你是一番好心，我在這裏其實也無所謂的，隨便怎樣都能消磨一個晚上，只是主人心中不要添堵就好了。」

蘇南看了看曉菲，說：「曉菲，你介意我帶這個朋友來嗎？」

曉菲有些尷尬的笑了笑，說：「南哥，我怎麼會介意你帶朋友來呢。」

傅華看了看曉菲，他知道這個女人此時肯定很不自在，一個自以爲優雅的人是不能表達出對客人的嫌棄的，尤其是這個客人還是她一向很尊重的人帶來的，偏偏這個客人還不知趣的點出了這一點。

傅華內心中並不想讓她難堪，便伸手拿起酒杯，喝了口酒，目光就轉向別處，去看牆上的壁畫了。

曉菲再坐下去就有些沒意思了，正好外面又有車來，她就端起自己的酒杯，順勢說：「南哥，傅先生，你們聊，我去接一下朋友。」

蘇南點了點頭，說：「你去忙吧。」

傅華轉回了頭，衝著曉菲點了點頭，沒說什麼。

曉菲站起來離開了。蘇南看著傅華，笑說：「你讓曉菲很不自在啊。」

傅華也笑了，說：「這不應該怪我，要怪也只能怪蘇董，你不知道她這個沙龍來往的都是些什麼人嗎？你沒看到我說我是駐京辦主任，她是什麼神態嗎？大概這個圈子裏還從來沒加入過像我這樣的人吧？」

蘇南環視了一下來的人，笑了笑說：「你說得對，這個圈子裏還真是沒有像你這樣的人。傅華，你真的不自在嗎？如果真的不自在，我們就換個地方。」

傅華說：「我沒什麼不自在的，我只是看不慣曉菲的那種態度而已。換地方就不必了，這裏給我一種很新鮮的感覺，更何況，這蘇格蘭威士忌真的很不錯，換一家不一定能喝上這麼純正的。」

蘇南呵呵笑了起來，說：「這倒是真的，曉菲對這裏用的東西都是十分講究的，不好的東西她是不用的。」

兩人碰了一下杯，喝了一口，蘇南說：「傅華，你今天不說我還不覺得，本來我覺得自己很平易近人了，叫你一說，我還真覺得我不自覺地有一種高人一等的做派出來。其實我一向是很反對這種做派的，人都是平等的，沒有誰比誰更優越些。」

傅華聽了，笑說：「蘇董，我不是故意要反駁你，你說這話，本身就是因爲你有一種不自覺的優越感在，試問你不是自覺比別人地位高一等，你又怎麼能說出這種話來？我想那些自覺地位低下的人除非是抗爭，是很難說出這種話來的，因爲他們認爲自己並沒有什麼身分來講這種話。」

蘇南笑笑說：「真是這樣嗎？不過，我是真的認爲人是生而平等的。」

傅華說：「這話由你說出來，我覺得特別的虛僞，人真是生而平等的嗎？你這個跟我平等的人，從生下來那一刻起，享受了多少特殊的權利啊？你在這裏輕鬆的說著人人平等的口號，似乎給人一種幻覺，只要努力，誰都可以爭取到平等的權利，實際上，他們就算努力一輩子，也無法享受到跟你平等的權利吧？」

蘇南搖搖頭說：「你說得也有道理，不過我其實也不想這個樣子的，很多時候，不是我在追求什麼特權，而是別人就把特權給送上門來了，你推都推不掉。」

傅華說：「這也是沒辦法的事，畢竟中國經歷了兩千年的封建社會，對權力的膜拜根深蒂固。其實當初那些前輩和先烈們之所以革命，也就是爲了爭取平等，可是等他們成功了，他們又成了權力的擁有者了，人們又轉而膜拜他們。就算他們反對什麼特權，他們還是或多或少的擁有著特權，這似乎是一個輪迴。」

「輪迴，什麼輪迴啊？」曉菲接完了朋友，又走了回來，聽到傅華最後一句話就問道。

蘇南笑笑說：「傅華在說，我們的先輩當初爲了爭取平等而奮鬥，現在成功了，卻成了特權的實質擁有者，這是一個輪迴。」

曉菲不解地說：「傅先生是要聲討什麼嗎？」

傅華心想這個女人肯定是很喜歡蘇南，不然剛才都那麼尷尬了，她走開就不應該再回來了。便說：「你誤會了，蘇董剛才跟我在探討人人平等的問題，我說這個問題由他來說顯得特別虛僞，因爲他本身就是特權的享有者。我只是告訴他一個事實，並不是說我要去聲討什麼。」

蘇南問：「曉菲，你覺得呢？」

曉菲笑笑說：「南哥，我現在覺得這位傅先生越來越有意思了。」

見曉菲並沒有正面回答問題，傅華笑著搖了搖頭，這個女人也是一個虛僞的人，蘇南還敢面對現實，這個女人卻沒有這種勇氣。他不說話了，又拿起杯子喝起酒來。

蘇南也拿起了杯子喝酒，兩人都不說話了。

曉菲笑笑說：「怎麼了，傅先生剛才不是說得興高采烈的嗎，怎麼這會兒不言語了？」

傅華說：「你要我說什麼？我跟蘇董能談得很愉快，是因爲我們之間很坦誠，有時候我的話說得很尖銳，蘇董並不覺得冒犯，也從來不回避問題。」

曉菲看了傅華一眼，說：「傅先生言下之意是我不夠坦誠？」

傅華笑笑說：「是，剛才蘇董問你的看法，你卻說我這個人很有意思，你這不是在回避問題嗎？雖然我不知道曉菲你是什麼來歷，但你既然是蘇董圈子裏的人，我想你跟他的背景也不會差別很大，你跟他一樣是特權享有者，或多或少你也得到了像我這樣的人得不到的特殊待遇。所以由你們這些人坐在這裏討論什麼人文，討論平等，真是一件很滑稽的事。」

曉菲臉沉了下來，看著傅華說：「傅先生，你這話說的可真是夠直接的。」

傅華聳了一下肩膀，笑笑說：「那又怎麼樣呢，我到這裡來，本來就是不受主人歡迎的人物，而且我也只是蘇董偶然帶來的，下一次我來的機率幾乎是零，我如果再有話不說，那要留到什麼時候說呢。」

傅華說話的時候，曉菲一直直視著傅華的眼睛，傅華也並不畏懼，也直視著她，兩人有些互不相讓的味道。

傅華說完，曉菲忽然呵呵大笑了起來，傅華被笑得有些不自在了起來，看了看蘇南，蘇南也是一副不知道所以然的樣子。

曉菲好不容易才止住了笑聲。傅華看了看蘇南，說：「蘇董，是不是我們到了該離開的時候了，不要等著主人開口送客吧？」

傅華是覺得曉菲之所以這麼笑，是她有些惱了，卻又不好當著蘇南面前發作，只好借大笑發洩心中的不滿。

曉菲搖了搖頭，說：「傅先生，我可沒攆客的意思。我只是覺得你這個人真是很好笑。一個大男人，心眼就這麼小嗎？」

傅華愣了一下，說：「我怎麼心眼小了？」

曉菲說：「我承認你剛才說你是駐京辦主任的時候，我心中是有些蔑視你，你也確實是這個圈子目前來說，接觸的唯一的底層官員。這個是我不好，所以在你說我這個主人不很歡迎你的時候，我也沒說什麼。可是，你沒必要因爲這個就一直耿耿於懷吧？」

傅華說：「我沒有耿耿於懷啊。」

曉菲搖搖頭，說：「你有，你的話題一直針對著我，我是一個女人誒，你就不能有點紳士風度，對女士給予必要的尊重嗎？這裏是沙龍，本來就是一個聊天的地方，實話跟你說，你說的什麼平等啊，特權啊，實在是平常得很，有的朋友在這裏說的話比你要尖銳十倍不止，我和南哥也都沒覺得怎麼樣，更沒有回避的意思。我說你有意思，是說沒想到你這樣一個官員還有這麼憤青的思想，實在是少見，如此而已。有必要讓你浮想聯翩的嗎？」

原來曉菲並不是回避問題，而是認爲傅華的話根本就不值得評論，這下子換到傅華尷尬了，他乾笑了一下，說：「看來是我不夠有風度了。」

曉菲皺了一下鼻子，說：「本來就是嘛。」

傅華越發不好意思了，說：「那對不起，我跟你道歉。」

蘇南打圓場說：「好了，曉菲，你就別難爲傅華了，他只不過說了幾句實話而已。」

曉菲笑說：「南哥看不過去了嗎？我不過跟傅先生開個玩笑嘛。好啦，我們喝酒。」

曉菲便端起酒杯，跟蘇南和傅華的杯子碰了一下，蘇南和傅華就和曉菲一起喝起酒來。

下面的時間，傅華變得不自在了起來，坐了一會之後，他就示意蘇南要離開。蘇南看出了他的局促，就和他一起站了起來，對曉菲說：「時間也不早了，我們要回去了。」

曉菲笑笑說：「好哇，再坐下去，傅先生可能會更難受，我送你們出去。」

傅華越發有些不好意思，就和蘇南往外走，曉菲跟在身後。

到了門口，蘇南回頭說：「好了，曉菲，別送了。」

曉菲並沒有回答蘇南，而是看著傅華，忽然說道：「傅先生，方便留個電話嗎？」

傅華愣了一下，說：「你要我的電話？」

曉菲笑笑說：「對啊，說不定我會邀請你再來我的沙龍的，我可不想給你留下一個很小氣的印象，好像我這個主人不歡迎你再來似的。再說，哪天我想找人吵架了，你倒是一個很好的人選。」

傅華乾笑了一下，說：「行啦，曉菲小姐，我承認我今天有些小氣，總行了吧？」

曉菲說：「那你的電話號碼呢？」

傅華就說了自己的號碼，曉菲拿出手機撥了，聽到傅華手機響了起來，這才掛掉。

曉菲笑笑說：「現在你也有我的號碼了，到時候我打給你，你不會不接吧？」

傅華立刻說：「那我怎麼敢？會被人罵小氣的。」

三人全都笑了起來。

在回去的車上，傅華見蘇南一直看著車窗外面不說話，便有些歉意的說：「不好意思，蘇董，我今天胡言亂語了一番，是不是攪了你的興致啊？」

蘇南轉過頭來，笑笑說：「不會啊，沙龍嘛，本來就是聊天的地方，天南地北胡侃本來就很正常，你說的也沒太過分。」

傅華不好意思地說：「我今天有點激動了，也有些自以爲是，倒讓曉菲看了笑話。」

蘇南笑說：「你說的都是你真實的看法，很直率，很坦誠，你別聽曉菲說這種觀點在沙龍裏很常有，其實沒幾個人在那裏敢講這種真話的。倒是有人會說一些出格的話，不過那只是他們想標新立異，引起別人的注意而已。」

傅華說：「那曉菲怎麼說有人的觀點比我尖銳十倍？」

蘇南解釋說：「曉菲是沙龍的主人，口才便給，她這麼說只是打擊你，不想讓你占上風而已。她有時也會邀請一些知名的學者去做客，可是那些人說的話題都很客氣，沒人會像你一樣這麼直率。」

傅華聽了，說：「原來是這樣啊。」

蘇南說：「你如果願意，其實到曉菲的沙龍坐坐也不錯，我是很喜歡的，在那裏跟朋友隨意聊聊天，心情就很放鬆。」

傅華笑說：「我還是不能在那裏做到從容自如，所以日後除非蘇董也去，否則我是不會去的。」

蘇南笑笑說：「這就是你的心態問題了，境由心生，你給自己營造出了一個不自在的心境，你才會不自在的。」

傅華說：「不自在就是不自在，我可不想假裝可以漠視別人的身分，給自己假造一個自在的心境出來。」

蘇南輕笑說：「那就沒辦法了，隨便你了。」

蘇南將傅華送回了笙篁雅舍，臨走的時候，說：「記住，你還有我這麼一位朋友，以後如果有什麼需要，可以找我。不過，你有趙凱這麼一位岳父，大概也不需要我幫什麼忙。不過就是沒事，也可以找我聊聊的。」

傅華說：「我不會忘記蘇董這位朋友的。我還想跟蘇董什麼時間再去玩玩潭柘寺呢。」

蘇南笑笑說：「倒也是，那天我們並沒有逛遍全寺啊。」

轉天，傅華接到市委的通知，說是市委書記張琳要到北京來，張琳的秘書孔慶說，張琳要到北京來見一些老領導，向老領導們請益海川市的工作。

這還是傅華第一次在北京接待張琳，雖然他已經提出了辭呈，可辭職還沒有得到批准，因此他還是認真的準備迎接張琳的到來。

傅華對張琳的印象很模糊，雖然他早就認識張琳，可張琳在任市委副書記期間，個性並不十分突出，在傅華腦海裏，只有一副很中性的笑臉，似乎他對每個人都是客客氣氣，說話都帶著一副笑容。

傅華知道像張琳這樣的領導並不是很好接待的，個性不突出，你就很難找到應對他最好的方法。再是，傅華的辭職申請寄出去已經有些日子了，市裏一直沒有明確的答覆，這也讓傅華不知道自己究竟應該用什麼樣的立場來面對這個新任的市委書記。

在機場，傅華看到了張琳，連忙快步迎了上去，笑著說：「歡迎您，張書記。」

張書記跟傅華握手，說：「還要麻煩傅主任到機場來接我，辛苦了。」

傅華笑笑說：「張書記真是客氣了，我們駐京辦就是做這些工作的。」

傅華跟孔慶早就認識，孔慶跟傅華也握了握手，神態上很是熱情。

傅華將張書記、孔慶接到了海川大廈，張琳在海川大廈的大門前，並沒有急著往裏走，而是站在門前，抬起頭來看著海川大廈，讚許地說：「傅主任，你把海川大廈建得很好啊，又氣派又漂亮。」

聽張琳讚揚海川大廈，傅華心中就好像別人在讚美他的小孩一樣高興，這裏的一草一木都有他的心血的。便笑笑說：「張書記誇獎了，也不是我一個人的功勞，海川大廈是三方合建，順達酒店和通匯集團也有出力的。」

張琳笑笑說：「不管怎麼樣，這座大廈叫海川大廈，是爲我們海川市在北京豎起了一個地標，這很爲我們海川市長臉。就衝這一點，你和駐京辦的同志們都值得表揚。」

沒有人不願意聽好話，這番話說出來，代表著市委對海川大廈的一種認可，代表著市委對傅華工作的認可，傅華心中便對張琳油然而起了一種親切感。

傅華將張琳送到了入住的房間，便說：「張書記，你先休息一下，回頭我來陪你吃飯。」

張琳說：「行，你去忙吧。」

晚上，張琳、孔慶就在海川大廈的餐廳和傅華一起用餐。

席間，張琳說：「傅主任，我這一次想見見鄭老，你能不能安排一下？」

傅華說：「應該沒問題，我明天打電話問一下。」

「行啊，你安排一下。」張琳說。

「好的。張書記，我把駐京辦的工作跟你彙報一下吧。」傅華接著說。

傅華很想知道市委對他辭職究竟什麼時候能夠批准，因此想借彙報的機會問一下。

張琳笑笑說：「你不要急著跟我彙報，我雖然住在海川大廈，可你還沒有領我參觀駐京辦和你的海川風味餐館呢，你是不是等我看完再說？好啦，不談工作了，我們專心吃飯吧。」

張琳沒給傅華詢問辭職情況的機會，傅華只好暫且放下，專心陪著張琳吃飯。

第二天一早，傅華跟鄭老約好了見面的時間，鄭老讓他們上午十點過去。傅華就去陪同張書記吃早餐，並把跟鄭老約好的情況跟張琳作了彙報。

張琳聽完，說：「好啊，正好我可以在去之前參觀一下駐京辦。」

吃完早餐，傅華陪著張琳到駐京辦轉了一下，張琳對駐京辦的工作環境很滿意，對傅華說：「傅主任啊，你這裏的裝修比我們市委都漂亮啊，真是不錯。」

傅華趕忙說：「張書記，不是我故意想搞得這麼豪華，實在是因爲駐京辦在海川大廈內，要跟海川大廈中的順達酒店裝修風格一致，不得不這樣。」

張琳笑說：「你別緊張，我不是說你這樣不好，相反，我認爲你這樣做很對。這裏是京城，代表的是我們海川市的臉面，寒酸了也不行，否則你讓有意去海川市投資的客商看了會怎麼想啊？肯定會認爲我們海川市經濟實力不行。挺好的，就應該這樣。」

參觀完，傅華把駐京辦的工作人員召集起來，讓張琳作指示。

張琳笑笑說：「我來這裏只是看望一下大家，沒什麼指示。駐京辦在傅華同志的領導下，工作開展得很好，這是傅華同志和大家共同努力的結果，我很滿意。說句老實話，我昨天看到海川大廈的時候，心中是感到很自豪的，這是我們海川駐京辦同志們做出的成績，比我預想的還要好，說明駐京辦是一個很有戰鬥力的團體，值得表彰。」

林東坐在駐京辦的工作人員當中，聽著張琳的講話，心中情緒很是複雜，他知道傅華的辭職信寄出去已經有些時日，可是市委遲遲沒有批准，現在市委書記特別跑到駐京辦來，對駐京辦的工作提出表彰，話裏話外的意思都是對傅華工作成績的肯定，不用明說，林東心裏也明白市委是想挽留傅華的。可是傅華如果留任了，自己這個前代理主任將如何自處啊？傅華會不會對自己實施報復呢？

張琳講完話，看看時間，差不多該到鄭老那兒去了，便和工作人員一一握手，離開了駐京辦，去了鄭老家。

見了鄭老，張琳問詢鄭老的身體狀況，鄭老回答說：「我老頭子身子骨還硬朗，謝謝海川的同志們還這麼惦記著我。」

張琳說：「鄭老您是我們海川的革命前輩，是我們海川的寶貴財富，您的健康對我們來說是很重要的。」

鄭老笑笑說：「你們駐京辦的同志對我的照顧已經很好啦，小傅常來看我，還要麻煩張書記親自跑來，我這老頭子真有些不好意思了。」

張琳立刻說：「我來，一來是看望一下鄭老，二來也想看看鄭老對家鄉工作有什麼指示沒有。我新接手市委書記，沒多少工作經驗，正需要像您這樣的前輩多指點一下。」

鄭老笑了，說：「我退下來也很多年了，不好再對地方上的工作指手畫腳的了。」

張琳笑笑說：「鄭老客氣了，您的經驗豐富，我是應該來請益的。」

鄭老說：「真要我說點什麼，我也沒什麼可指點的。不過聽到孫永同志出事，我是很痛心的，這是一個教訓，應該引以爲戒。」

張琳忙說：「對，鄭老說的是。」

張琳又陪鄭老聊了一會兒，看看時間，臨近中午了，就告辭離開。和傅華回到海川大廈，在大廈的餐廳裡隨便點了幾個菜解決了中餐。

功虧一簣

傅華看看林東，大致猜到了林東要承認什麼錯誤，
心裏對這個沒有自知之明的傢伙不免有些憐憫，說起來，
這傢伙為了這個駐京辦主任也努力了很多年了，
這次再度功虧一簣，心裏不知道該有多沮喪了。

吃完飯，張琳讓孔慶先回房間，說自己要跟傅華單獨談談。傅華知道張琳可能是想跟自己談辭職的事情，就領著他去了自己的辦公室。

到了辦公室，傅華給張琳泡了一杯龍井，坐到了張琳的對面。

張琳問傅華：「你常去看鄭老嗎？」

傅華說：「是的，鄭老是一個很和善的老人，我們算是忘年交了，我和我老婆常去他那裏串門子，他也拿我們當家人一樣看待。」

張琳點了點頭，說：「不錯啊，跟這些老人們相處就是應該這樣。看樣子，你辭職的事情沒跟鄭老說，對吧？」

傅華笑笑說：「對，這是我私人的事情，而且就算我辭職了，我也會跟鄭老繼續相處下去的。既然張書記提到了我辭職的事，我能冒昧的問一下你對這件事情的看法嗎？」

張琳看了看傅華，說：「你想我怎麼做？」

傅華說：「我自然是希望市委能夠早日批准我的申請。」

張琳問：「就這麼堅決？非離開不可？」

傅華笑笑說：「張書記，你不明白的，我再留下去真的沒意思了。」

張琳說：「怎麼個沒意思法？說來聽聽。」

傅華不想在張琳面前去指責徐正，何況，指不指責徐正也改變不了自己要離開的決定，便說：「還真是不好向您解釋什麼，您就當是我人生有了更好的規劃，爲了我的未來，放我離開吧。」

張琳笑了，說道：「有什麼不好解釋的？不就是你被徐市長擱置了幾個月嗎？」

原來張書記已經對駐京辦的事有了一定的瞭解，他知道要想說服傅華，必須要掌握事情的真實狀況，否則不但不能說服傅華留下，反而會激怒傅華。

傅華看了看張琳，說：「張書記既然知道事情的原委，那您就更應該理解我的立場，我真是不願意再待下去了。」

張琳說：「真是這樣的嗎？我怎麼沒這種感覺啊？相反，我覺得其實你樂在其中啊。你看你把駐京辦管理得井井有條，又跟鄭老相處得這麼好，這像一個要走的人嗎？」

傅華笑了，說：「張書記，您不要這樣說，我現在還是駐京辦主任，這麼做只是恪盡職守而已。」

張琳便說：「那你告訴我，你離開駐京辦要去做什麼？去賺錢嗎？」

傅華回答：「我對未來真是有規劃的，我準備離開後去做連鎖的商務型酒店，我認爲這個項目將來很有發展前途。」

張琳順著傅華的思路往下說：「要搞連鎖酒店可不是一件容易的事，那你告訴我，你的資金從哪裡來？」

傅華說：「我準備先跟我岳父借用一部分，作爲起步資金。後續資金我想可以採用向銀行融資的方式解決。」

張琳問：「這真是你迫切想去做的事情嗎？」

傅華說：「真的是我迫切想要去做的事情。」

「那你跟你岳父認真探討過這件事了嗎？」張書記又問。

傅華搖搖頭，說：「這倒還沒有。」

張琳說：「既然你這麼迫切地想要去做這件事，怎麼你的辭呈遞出來這麼長時間，竟然還沒有跟你岳父探討過？」

傅華笑笑說：「我想等辭職這件事情確定下來，再跟我岳父談。」

張琳笑了，說：「既然你覺得自己去意已決，就應該馬上跟你岳父談一下這件事情，你一再猶豫，是不是還在怕你的辭職有變數？或者說，你覺得有可能辭不掉？」

傅華愣了一下，旋即笑笑說：「我倒沒這麼想過，我只是怕辭職的事情會有些周折，我貿然的跟我岳父談了，這邊一時半會兒無法脫身，我就會很尷尬了。」

張琳笑笑說：「自己的岳父又怎麼會尷尬呢？傅主任，你想過沒有，你跟你老婆結婚這麼久時間了，如果你真的目標是賺錢，不應該早就想辦法借助你岳父的財力，另闢一番天地了？你之所以一直還堅持待在駐京辦，是不是說明你的人生目標其實不是賺多少錢，發大財之類的？」

傅華搖了搖頭，說：「這點被張書記您看出來了，我並沒有想成爲什麼富翁，賺錢對我來說真的不是人生的第一目標。」

張琳笑笑說：「我還看出來一點，其實你是一個不願意仰人鼻息的人，不到一定程度，你是不會主動向你岳父求助的，是吧？」

傅華看了張書記一眼，他對張琳看透他心裡所想有些驚訝，這個張琳原來也有其睿智的一面。

傅華說：「張書記，這個我承認，我確實不願意輕易跟我岳父張嘴，不過事情逼到這份上了，我是非離開駐京辦不可了，我又不能不顧我老婆的感受一切從零開始，也只好向我岳父開這個口了。這大概也是我遲遲不肯跟他談的原因吧。」

張琳笑了，說：「什麼叫事情逼到這份上了？誰逼你了？」

傅華冷笑了一聲：「張書記，你這話說的可就不客觀了。你既然已經瞭解事情的來龍去脈，就應該知道我爲什麼提出辭呈。是，我知道，相對於你們這些市委書記、市長來說，我一個駐京辦主任級別低的可憐，但是我就是級別再低，也是國家的工作人員，也是一個堂堂正正的人，應該得到起碼的尊重，而不是別人想怎麼拿捏就怎麼拿捏的奴才。」

張琳笑笑說：「傅主任，你先別這麼激動好不好。是，不錯，這件事情，你說的那個別人確實做得有些過分了，他現在也知道自己錯了，我也不認爲他做的就是對的。可是，你也不能就這麼衝動的要辭職啊？是不是你一遇到挫折，首先想到的就是當逃兵呢？」

傅華說：「我沒有想當逃兵，我只是看不慣某人的做法而已。他也沒真心想要認錯，他只是又需要用到我，這才不放我離開。」

張琳搖了搖頭，說：「這還不算逃兵嗎？某人不過是小小的難爲了你一下，給了你一點氣受，你就捨棄自己一手建立起來的海川大廈，倉皇而去。你如果遇事就是這樣一個做法，我勸你也不要跟你岳父談什麼連鎖酒店的發展計畫了，我想你將來在社會上肯定會遇到比這更困難的難題，那時候你也轉身逃跑嗎？」

傅華說：「那當然不會了，我這個人並不是經不起挫折的。」

張琳笑笑說：「就連眼前這個我認爲沒什麼的挫折你都無法承受，又怎麼能說你經得起挫折呢？」

傅華看了看張琳，搖搖頭說：「張書記，說到現在，我也看出來您的意思了，您是想留下我，我很感謝您這麼看得起我。不過，您想過沒有，就算我留下來，某人會高興嗎？我和他之間是直接配合的關係，現在搞得這麼尷尬，以後的工作又怎麼順利開展呢？」

張琳說：「你這麼說，就已經是站在駐京辦主任的角度上考慮問題了，這說明其實你根本就不想離開的。」

傅華承認說：「好吧，就算我不想離開，那這種尷尬的局面，您說我要怎麼去面對呢？」

「傅華啊，我們先不談怎麼去面對這個尷尬局面，我先問你一個問題，今天我們是一起去見鄭老的，你在鄭老身上，有沒有發現一種我們時下這些幹部都很缺乏的一樣東西？」張琳語重心長的說。

傅華想了想，說：「鄭老很多優點是我們都不具備的。」

張琳說：「當然，鄭老身上有很多東西是需要我們去學習的，但有一種東西是時下這些幹部最缺乏的，你好好想一想就知道了。」

傅華思考了一下說：「真要說，應該是鄭老的認真和對黨的事業的執著吧。」

張琳說：「對啊，就是這種對黨的事業的執著，這就是一種信念。不知道你是什麼感覺，我知道我是肅然起敬的。」

傅華認同地說：「我也很敬佩鄭老這一點。」

張琳又說：「作爲幹部，身上是需要有這種相信我們的事業一定會成功的信念的，如果沒有這種信念，我們所做的這一切都是毫無意義的。實話跟你說，我接任市委書記之後，心裏很忐忑不安，爲什麼，我生怕自己不能擔負起這副重擔，生怕辜負了上面對我的信任。不是跟你唱高調，我心中有一種信念，那就是我一定要竭盡所能做好海川市委書記，要帶動海川市工作全面進步。傅華，你願意幫助我，共同爲這個信念而奮鬥嗎？」

傅華看了看張琳，張琳說的這些話，太像某些幹部嘴上常講的套話了，張琳不會也跟那些人一樣，滿嘴漂亮話，背地裏卻什麼事情都做得出來吧？他不知道該不該相信張琳。

張琳看出了傅華的疑慮，笑說：「我知道你在懷疑我心口不一，我也不逼你就一定要相信我，我只是跟你說，我是這樣想的，至於我今後做不做得到，你可以看我的行動表現。你現在就告訴我，你願意跟我一起努力嗎？」

傅華感到張琳是真誠的，他也願意相信張琳就是他所說的這種人，雖然這種幹部現在越來越少，已經很珍稀了，可他還是願意相信張琳就是這種幹部。

傅華點了點頭，說：「張書記，我願意跟你共同努力。」

張琳滿意地說：「我很欣慰，還是有跟我志同道合的同志的。既然你願意跟我共同努力，那我真誠的希望你能留下來。」

傅華猶豫說：「張書記，我已經告訴你我不能留下來的理由，可是您並沒有給我一個解決這個問題的辦法啊，這樣子你要我怎麼留下來？」

張琳笑笑說：「問題不是已經解決了嗎？」

傅華疑惑的看了看張琳，說：「張書記，您並沒有跟我說解決的辦法啊？問題又怎麼就解決了呢？」

張琳笑說：「你如果像我一樣，也有爲了我們的事業蓬勃發展盡自己一份力量的信念，我覺得一點小小的尷尬真的不能算是什麼問題。」

傅華笑了，說：「張書記，我真是服了你，您這種做工作的方法真是高明。」

張琳一臉真誠地說：「傅華同志，我跟你說的這些都是真心話，我是真誠的想要你留下來。我們私下說，我認爲這件事情，徐正同志做的是有些過分了，你因此辭職我是能理解的，我曾經也是熱血青年，在你這個年紀的時候遇到這種事情，我可能做的比你更決絕，可能早就甩手不幹了。不過，雖然是這樣，你也不要期望我在公開場合對徐正同志批評什麼，我和徐正同志一起搭班子，如果我公開批評他，班子裏的團結就會成問題。這是一個處事的策略問題。再說，如果我爲了你去批評徐正同志，那更會造成你們之間的尷尬，是不是？所以在這一點上我希望你能諒解。」

傅華點點頭說：「我能理解您的處境。」

張琳又說：「其實徐正同志可能對擱置你這件事情也是有些後悔的，讓我來挽留你，也是他的建議，只是他不想公開向你認錯而已，所以我猜想以後你們之間的相處不會太尷尬的。他總是一個市長，是你的上級領導，你得給他留幾分面子。」

「我對領導一向是很尊重的。」傅華說。

張琳說：「那就好。對了，我聽說徐正同志前些日子來北京跑新機場項目很不順利，約見了幾位發改委的領導都被拒絕接見，是不是這個項目有了什麼問題啊？」

「沒有哇，我前幾天還和發改委的劉傑司長一起打高爾夫球來著，我問過他新機場項目，他說我們的項目進展很順利。至於徐市長約他那件事情，裏面可能有點誤會，劉司長還特別跟我解釋了，說那幾天實在是忙得不可開交，沒辦法出來跟徐市長見面，實在是不好意思，讓我跟徐市長多解釋一下。我當時跟他說，自己已經提出辭職了，不過新機場項目還是希望他能幫我們海川市繼續督促下去。」傅華回答。

張琳看了傅華一眼，笑說：「你這不是始終沒忘記駐京辦主任的職責嗎？」

傅華說：「海川是生我養我的地方，不管怎麼樣，我都應該為它盡一份力的。以前生活在海川並不覺得家鄉的親切，在北京住了這麼長時間之後，我才感覺我骨子裏還是習慣海川的生活。」

張琳說：「你有這種爲家鄉奉獻的精神是很好的。你放心做你的駐京辦主任吧，日後你再受到什麼委屈，可以直接找我反映，只要我還是海川市的市委書記，我一定會盡力維護你的，當然，前提是你沒有做錯事情。」

這是張琳在做維護自己的承諾，傅華有些感動，這個市委書記事事都想得很周到，讓他徹底打消了辭職的念頭。

傅華立刻說：「謝謝張書記對我們這些基層幹部的愛護。」

張琳從隨身的提包裏拿出了傅華的辭職書，遞給傅華，說：「這個你還是收回去吧，以後做事要冷靜些，不要隨便就提出辭職。」

傅華把辭職信接了過來，鎖進了自己的抽屜裏。

最後，張琳說：「好啦，這件事情到此就算過去了。對了，你岳父的通匯集團是海川大廈的股東之一，還有順達酒店的老闆，這都是跟我們海川市合作的人，我想見見他們，請他們吃頓飯。」

「順達酒店的老闆叫章旻，現在不在北京，這一次張書記可能見不到。不過他們的總經理章鳳在，倒是可以見見。至於我岳父，我馬上就打電話約他。」傅華說。

趙凱接到傅華的電話，愣了一下，說：「你們新任市委書記要見我？」

傅華說：「對啊，張書記想邀請您吃頓飯。」

趙凱笑說：「你們市委書記對我這麼客氣，是不是你又被挽留了？」

傅華說：「被爸爸猜中了，張書記真心要留住我，我沒辦法拒絕。」

趙凱打趣說：「我看是你不想拒絕才對，你根本就不想離開駐京辦，只是想等人給你一個臺階下而已。」

傅華不好意思的笑了笑，說：「我已經答應留下來，再說這個就沒意思了。爸爸，張書記想請您吃飯，您有沒有時間？」

趙凱說：「張書記到了北京，我就是地主，怎麼好讓張書記請我呢？這樣，你跟張書記說，今晚我做東，以盡地主之誼。」

傅華說：「張書記還想邀請章鳳一起。」

趙凱爽快地答應了：「章鳳我又不是不認識，好啊。」

傅華說：「那好，我跟張書記說。」

傅華便把趙凱的意思跟張書記說了，張琳說：「這怎麼好意思呢？本來是我要請客的。」

傅華說：「我岳父說，到北京沒有讓張書記請客的道理。」

張琳知道通匯集團的老闆是不會在乎一頓飯的，爭下去反而顯得不夠大氣，也就不再堅持，只是讓傅華把趙婷也帶去，他想見見她。

晚上，傅華帶著張琳等人上了國際飯店三樓，眼前是一座江南風格的大宅院，進得院來，魚缸、太湖石、抄手廊、水池……錯落有致，給人別有洞天的感覺。庭院內既有北方府邸的粗獷，又不失江南建築的幽雅，這就是譚府。

跟北京飯店的譚家餐廳一樣，這裏經營的也是譚家菜，不過，似乎北京飯店的譚家菜源流更正宗些。

趙凱和趙婷早已等候多時，傅華先介紹趙凱給張琳認識，趙凱熱情地跟張琳握了手，說：「傅華事先也沒跟我說張書記到北京了，突然就跟我說您要請客，這怎麼好意思呢，這個客本應該我請的。」

張琳笑說：「趙董真是客氣了，通匯集團、順達酒店和海川市是合作的關係，我請請合作的夥伴也是應該的。」

趙凱笑笑說：「那就下次再讓張書記請。來，張書記，我給你介紹，這是小女趙婷。」

趙婷上前跟張琳握手，說：「您好，張書記，歡迎您到北京來。」

張書記看看趙婷，對傅華說：「小傅啊，你能娶到這麼美麗的妻子，真是好福氣啊。」

傅華笑笑說：「張書記誇獎了。」

張書記又對趙婷說：「小趙啊，你把我們的小傅照顧的這麼好，辛苦了。」

趙凱看張書記表現的這麼親和，對他的印象很好，便說：「張書記，我們到裏面去坐吧。」

一行人到包廂裏坐下，包廂很大很有氣派。趙凱把張書記讓到了右手邊首席的位置坐下，孔慶跟著張書記坐到了他的右手邊。章鳳則坐到趙凱的左手邊。

趙婷立刻說：「我守著章鳳姐坐。」就坐在章鳳的旁邊。傅華便做了副陪。

坐定之後，趙凱讓張琳點菜，張琳客氣地說：「這裏趙董比較熟悉，還是由趙董來點吧。」

趙凱就點了黃燜魚翅、黑金鮑扣花菇、紅酒鵝肝、蒜香銀鱈魚、上湯燉松茸等招牌菜，然後問張書記喝什麼。張書記笑笑說：「在座有兩位女士，我們就喝點紅酒吧。」

趙凱就讓侍者開了法國紅酒。不一會兒，菜上來了。

趙凱端起了酒杯，笑著說：「來，我們先歡迎張書記到北京來。」

張書記跟趙凱碰了杯，說：「謝謝趙董的盛情款待。」

酒宴便算正式開始，張琳在酒桌上絲毫沒端什麼市委書記的架子，十分的平易近人，跟趙凱和章鳳等人熱情的相互敬酒，酒桌上的氣氛十分融洽。

酒至半酣，張書記端起了酒杯，說：「前段時間，駐京辦出了一點小的誤會，讓小傅同志受了些委屈。這杯酒我敬小傅同志和趙婷，表示一點歉意吧。」

傅華沒想到張書記會當眾這麼說，連忙拉著趙婷站了起來，說：「張書記，事情已經過去了，我已經沒事了，再說這也不是您造成的，這讓我們倆口子可是有點受不起。」

趙婷也說：「張書記，傅華沒什麼的，怎麼也不能讓您表示歉意，沒道理的。」

張書記也站了起來，說：「這杯酒我一定要敬，小傅是爲駐京辦做出了大貢獻的，這樣的同志，組織應該加倍愛護，沒有理由讓他受委屈。雖然這件事發生在我接任市委書記之前，可是我還是有責任還小傅一個公道的。來，小傅、趙婷，我敬你們。」

傅華和趙婷都有些感動，忙說：「謝謝張書記了。」

三人碰了杯，一起將杯中酒乾掉了。

章鳳笑說：「張書記，您真英明，幸好您當了這個市委書記。我們順達酒店本來還有些擔心傅華辭職之後的狀況呢，你們市裏也不知道是不是昏頭了，讓那個林東來接替傅華，他哪裏是這塊材料啊。您這下子算是撥亂反正了，我們也可以放心跟駐京辦合作下去了，來，我敬您一杯，祝我們以後的合作更加愉快。」

張書記高興地跟章鳳碰了杯，各自乾了杯中酒。

酒宴結束後，傅華先送張琳、孔慶回海川大廈，然後才回家。

傅華哼著小曲兒進了家門，趙婷將他的公事包接了過去，笑說：「小曲兒都出來啦，是不是你們張書記給你出了口好氣，把你激動的？」

傅華笑笑說：「張書記是對我不錯嘛。」

趙婷臉沉了下來，「你呀，就是好了瘡疤忘了痛，被人家幾句好話一糊弄，又要死心塌地的爲他們賣命了。」

傅華看看趙婷，說：「怎麼，小婷，你不高興了？」

趙婷說：「我當然不高興了，你忘記你前段時間那個鬱悶的樣子了？你知道我那時候看你的樣子，心裏有多難受嗎？」

傅華拉了拉趙婷的胳膊，陪笑著說：「好啦，是我不好，不該把外面的情緒帶到家裏來，讓你爲我擔心了。」

趙婷說：「我不是不願意跟你分擔，我只是不想看你那麼難過，我覺得你最好是離開駐京辦這個圈子，我不想再看你重蹈覆轍。」

傅華說：「沒必要吧，今天張書記你也見到了，我覺得他是很真誠的，可以信賴。」

趙婷說：「你們那個徐正市長我也不是沒見過，那傢伙見了面也是笑咪咪的，說話也很客氣，誰知道背地裏那麼爲難你，這個張書記我覺得跟徐正也沒多少差別。」

傅華搖搖頭說：「不會的，他跟徐正完全是兩路作風，你相信我，我不會看錯的。」

趙婷苦笑了一下，說：「真拿你沒辦法。好啦，你願意去被別人戲弄就去吧，我看你也是捨不得你的駐京辦，真不知道那個破地方有什麼吸引你的。」

傅華感激地說：「謝謝老婆開恩了。」

趙婷搖了搖頭，說：「就算我不開這個恩，你能真的聽我的嗎?算了，我也不想看你那不快樂的樣子。」

傅華將趙婷攬進了懷裏，用力的抱了抱她，說：「還是老婆你瞭解我。」

「你去繼續做駐京辦主任可以，不過，你先要跟我去做一件事情。」趙婷說。

傅華趕忙說：「別說一件事情了，只要是老婆你吩咐的，多少件事情我都願意去做。說吧，什麼事情？」

趙婷聽了，笑說：「今天被你們書記忽悠了幾句，你的嘴也變甜了。」

傅華說：「張書記沒你想得那麼壞，你還是說說要我做什麼事情吧？」

趙婷說：「我想讓你陪我去見見那個王大師。」

傅華有些驚訝的看著趙婷，「你讓我去見他幹什麼啊？我去做駐京辦主任與他又沒有什麼關係？」

趙婷說：「怎麼沒有關係啊？當初你被檢察院帶走的時候，王大師跟我說你一定不會有事，有事也是在你從檢察院回來之後，海川市政府會找你麻煩。我還記得當時他跟爸爸說，你的禍事不在顓頊，而在蕭牆之內。現在看來，他說的不都應驗了嗎？」

傅華說：「也許是碰巧了吧，這些怪力亂神的事不是那麼可信的。」

趙婷不以爲然地說：「能碰上也是他的本事，別人怎麼不能碰上呢？傅華，我讓你陪我去不是想做別的，就是想讓大師幫你算算，看看將來還有沒有什麼災難，我不想你再出事了。」

傅華看了看趙婷，說：「小婷，我怎麼覺得你變得脆弱了很多，以前你不是這個樣子的。」

趙婷頗有感觸地說：「是啊，我也感覺自己脆弱了很多，以前什麼事情爸爸都能幫我解決，我覺得這世界上沒什麼事情是需要害怕的。突然你出事了，爸爸無論去找誰都沒辦法打聽出來究竟出了什麼事，我才意識到，世界上還有爸爸也無法解決的事情，偏偏這件事還關係到你的命運，你不知道那幾天我是怎樣度過的。如果沒有王大師那麼肯定的告訴我你一定沒事，我這會兒搞不好瘋了都有可能。」

傅華心裏被震動了，趙婷的心都繫在他的身上，她完全是在爲自己擔憂，他抱緊了趙婷，說：「我知道了，我跟你去，明天我讓爸爸去約那個大師。」

第二天一早，傅華打電話給趙凱，說想要和趙婷一起去見見王畚，讓趙凱想辦法約一下他。

趙凱好奇問道：「你原來對王大師不是不相信嗎？」

傅華說：「我現在也是不太相信，不說別的，你看我們原來的市委書記孫永，千里迢迢趕到北京求見王畚，讓王畚幫他推算了半天，不就是想趨利避害嗎？可結果怎麼樣？孫永現在鋃鐺入獄，這也算趨利避害？」

趙凱笑了，說：「你這個說法可是有些偏頗，你又不知道王畚跟他說了什麼，也許王畚讓他注意什麼事情他沒有注意呢？這個責任可不能算在王畚頭上。好啦，你既然這麼懷疑，爲什麼還要去呢？」

傅華解釋道：「不是我要去，是小婷要去，她見我又要做駐京辦主任，很擔心，怕以後再有什麼凶險的事情，我陪她去，是想讓她去求個心安。」

趙凱說：「她會擔心也是很正常的，去見見王畚也好。你這個職業，每天都是在溝通關係，難免會受什麼牽連，如果再有人在背後搗鬼，那真是很麻煩。」

傅華聽了，說：「看來爸爸也對張書記不太信任啊，我覺得他這個人挺不錯的。」

趙凱說：「我也覺得他這個人挺好的，甚至有些太好了，讓人有一種不真實的感覺。我跟社會上形形色色的官員都接觸過，像張琳表現這麼好的還真是第一次見到。當然，像你們那個徐正市長那樣心眼窄的也不多見，大多數的官員都算是中間吧，不好也不壞。」

傅華說：「我也知道張書記這次來北京，展現出來的，很可能只是做給我們看的，內心中並不是真的這樣想，但是我寧願相信他的本質就是這個樣子的，也希望這個社會像這樣的官員能夠多一些，那樣這個社會會更美好些。哪怕他只是在演戲，只要他能自始至終都這樣演下去。」

趙凱點點頭說：「我也期待這個社會能夠真的多一些這樣的官員，這是大家共同的美好願望吧。」

傅華說：「對啊，所以我才願意接受他的挽留，跟他攜手爲這個社會貢獻一份自己的力量。」

趙凱說：「希望你不要看走了眼。好了，王畚那裏我去幫你約他。」

「不要約在這一兩天，張書記還沒走，我還需要陪著他，走不開。」傅華說。

趙凱說：「我知道了。」

打完電話，傅華就去陪張琳吃早餐。吃完早餐後，張琳就帶著傅華去相關部委拜訪，又在北京待了兩天，這才回海川。

在機場送走了張琳，傅華回到自己的辦公室，剛一坐下，就有人敲門，傅華喊了一聲進來，就見林東低著頭走了進來。

傅華問：「老林，找我有什麼事嗎？」

林東乾笑了一下，說：「傅主任，我來是向你承認錯誤的。」

林東看這幾天張琳對傅華愛護有加，兩人相處十分融洽，就知道這一次傅華再度被慰留了。

原本他以爲這次傅華跟徐正鬧得這麼僵，就算是上面挽留傅華，傅華也是鐵定要離開的，所以他對自己鬧代理主任這一齣並沒有感到什麼不安。這本來就是市裏面的安排，就算後繼主任不是他，也沒有人會找他的麻煩。可是現在事態變了，傅華又獲得了市裏面的信任，那他的處境就有些尷尬了，傅華肯定不能容忍一個造過反的人吧？當初傅華可是警告過他，要是再做什麼不軌的行爲，一定將他趕出駐京辦的。

想來想去，林東決定主動找傅華承認錯誤，他知道傅華並不是一個心狠手辣的人，主動承認錯誤，說不定會給他一個留下來的機會。

傅華看看林東，大致猜到了林東要承認什麼錯誤，心裏對這個沒有自知之明的傢伙不免有些憐憫，說起來，這傢伙爲了這個駐京辦主任也努力了很多年了，這次再度功虧一簣，心裏不知道該有多沮喪了。

想想他也很悲哀，機會一再出現在他面前，可是他就是抓不住。就說這次吧，林東但凡有點本事，徐正肯定會極力運作讓他取代自己的，絕不會再給自己什麼留任的機會。

但是可憐之人必有可恨之處，這個傢伙偏偏爭名奪利之心太盛，這次如果不是他急於搶佔主任這個位置，自己也不會被停職幾個月。

傅華笑了笑，他決定爲難爲難這個林東，故意裝糊塗的說：「老林啊，你什麼地方做錯了嗎？」

林東尷尬的說：「傅主任，這次你回去休息的這段時間，很多地方我不該自作主張的，我有些越權了。」

傅華心想：你豈止越權，根本是搶班奪權，便說：「沒有啊，我不在的這段時間，你把駐京辦管理得挺好啊，我聽章總說，你連酒店也想管理，很積極嘛。」

林東更尷尬了，他找不出能夠爲自己辯解的話，便低下了頭，說：「傅主任，我知道錯了，對不起。」

傅華沒吭聲，也不說好，也不說不好，只是看著林東。

林東被看得越發慌了，說：「傅主任，你大人不記小人過，我知道自己錯了，你可不要趕我走啊。」

傅華笑笑說：「老林啊，有些時候我也在想，我在這兒可能真的妨礙你的高升了，如果沒有我，大概你已經是駐京辦主任了。說對不起的似乎應該是我啊？可是我這次暫時還不能卸任，如果你真的想升官，乾脆這樣，你看好市裏什麼位置，我出面跟張書記說說，你在駐京辦也辛苦了這麼多年，市裏面也該給你一個不錯的位置作爲犒賞。」

林東看張琳對傅華的籠絡勁，知道傅華此時如果真的要上面將他調走，市裏面一定會站在傅華這邊的。他可憐巴巴的說：「傅主任，你真的想趕我走啊？」

傅華說：「老林，我也不想啊，可是你總是時不時跳出來跟我搗亂，你讓我怎麼辦？」

林東低著頭說：「傅主任，我知道錯了，再也不敢了，你再給我一次機會吧。」

傅華看林東一個大男人在自己面前低頭認罪的樣子，心中也有些可憐他，搖了搖頭說：「老林，不知道你看明白沒有，其實你當初來駐京辦就是一個錯誤，如果換在別的地方，你可能早就上了一級了，可是這裏，你是沒有機會做這個主任的。」

林東說：「我現在明白了，我能力不夠，根本就做不了主任，我願意只做個副職，跟傅主任配合好工作，絕對不敢再跟你搗亂了。」

看林東這副可憐相，傅華忽然明白，林東這樣平庸的人是無法跟自己比的，他的人生路途上其實並沒有更多的選擇，他只有駐京辦，能夠接任駐京辦主任可能就是他夢寐以求的仕途終點了。他爲了這小小的駐京辦主任已經付出了大半生的努力，現在竟然到了向對手搖尾乞憐的地步。

想到這裏，傅華便沒有繼續擠兌林東的心緒，向林東揮了揮手，說：「老林，你不用說了，這一次就算了，你願意留下來就留下來吧。」

林東愣了一下，他原本還以爲傅華會把他挖苦批評一番的，現在傅華輕易就放過了他，真是讓他喜出望外，趕忙說：「謝謝你傅主任，我今後一定好好工作，全心全意服從傅主任你的領導。」

傅華說：「行了，你回去吧。不過有一點我警告你啊，我不想再聽到你跟順達酒店那邊有什麼個人謀私的事情，你如果在這方面出了什麼事，我是不能放過的。」

林東臉紅了一下，說：「我知道，我絕對不會這樣做的。」

傅華說：「你出去吧。」

林東出去了，一會兒羅雨敲門進來了。

羅雨說：「傅主任，我們真高興你正式回來了。」

傅華笑笑說：「我也很高興又能跟你們一起工作了。」

羅雨問說：「剛才林東一臉倒楣相從你這兒出去，你訓了他一頓？」

傅華搖搖頭，說：「他是主動找我承認錯誤的，我沒訓他。老林這個人哪，讓我說什麼好呢。」

羅雨不平地說：「這傢伙老是跟傅主任搗亂，你打算拿他怎麼辦？」

傅華說：「我不想難爲他，就讓他繼續幹他的副主任吧。」

羅雨有些驚訝的說：「你就這麼放過他了？你忘了他是怎麼對待你的？」

傅華說：「說實話，老林這人也挺可憐的，當初我如果不來駐京辦，這個主任可能就是他的了。」

羅雨說：「話不能這麼說，他要是做了駐京辦的主任，我們這個駐京辦也就廢了。」

傅華說：「算了，反正他也威脅不到我什麼，就留著他吧。」

傅華言下之意，林東實在不夠實力做他的對手，就是搗亂也威脅不到傅華什麼。

其實傅華還有另外一層想法沒說出來，如果林東調離，他留下的空缺，上面還不知道會派個什麼樣的人來呢，說不定比林東更麻煩，還不如把林東留下來，起碼傅華感覺自己可以掌控住他。

羅雨說：「這倒也是。」

傅華忽然注意到羅雨語氣中似乎帶著一點失望，心想：難道羅雨對林東這件事情上有什麼企圖嗎？

仔細一想，傅華就有點明白了，林東如果留任，相對羅雨來說，可能就是失去了一個接任副主任的機會，羅雨的仕途可能又要蹉跎一段時間了。

傅華知道，對他們這些身在仕途的人來說，很多事情都是要注意的，尤其年齡是一個很關鍵的門坎。按照不成文的慣例，每一個級別的職務都有一個可能被提拔的年齡段，過了這個年齡，基本上就意味著你已經失去了被提拔的機會。

所以對一個追求高升的年輕人來說，要在多少歲做到什麼級別，是心中必須計算的一筆賬，每一步都是很關鍵的，往往一步趕不上，步步趕不上。

對於羅雨來說，也許他不會太熱衷名利，可是不代表他不想追求高升，畢竟他也要面對很多現實的問題，現在的女朋友、未來組成的家庭，這些都逼迫著他要考慮如何發展自己的事業，從而獲得更好的社會地位，爲家庭創造更好的生活環境。所以羅雨也是蹉跎不起的。

但有些時候，機會是有限的，林東如果不調離，駐京辦就沒有空位，羅雨就是使盡渾身解數想上一格也是不可能的，除非離開駐京辦。

雖然羅雨不會因爲失去這個機會就對自己心生怨艾，可是傅華希望自己的部屬都有一個很好的發展前景，尤其他很欣賞羅雨這個年輕人。

海川大廈開業以來，駐京辦已經不再是像以前一樣，它的工作增加了很多，一部分是參與酒店的管理，另一部分是海川風味餐館的經營。再加上招商工作往更大範圍去開展，傅華感覺到現有人手已經無法應付全部的工作。

最主要的是，傅華很想增添一個副手，現在就林東一個副主任讓傅華感覺很不方便，一來林東這傢伙始終有著搶班奪權的想法，影響他執行自己指示的程度；二來，有時候傅華想越過林東去直接指示下面的工作人員，可是有林東在，他就不好越級指揮。三來，如果有兩名副主任，就會產生一種相互制衡的結果，也方便傅華領導。

如果能讓上面給駐京辦增加一名副主任，又能讓羅雨擔任這一職務，對傅華來說，是一個很好的結果。

他早就有擴大駐京辦規模的想法，而且駐京辦現在多了兩個財源，也足以支持他增加人員的想法。可是接二連三的事情發生，暫時讓他這個念頭被擱置。現在這個想法倒可以在適當的時候跟市裏面溝通一下，看市裏面能不能接受這個想法。

傅華便說：「小羅啊，你覺不覺得我們駐京辦的人手有些不夠用了？」

羅雨回答說：「是有點，我們現在的工作量加大了很多，目前駐京辦這幾個人應付起來很辛苦。」

傅華說：「我現在有一個想法，你看是不是……」

傅華就講了他想擴大駐京辦和準備增設一名副主任的構想，他在這時候跟羅雨提出自己的想法，是想給羅雨一個盼頭，讓羅雨有個奮鬥的目標，從而提高他的工作積極性。

羅雨一聽，眼睛不禁亮了，說：「傅主任，你這個構想很不錯，我們也確實需要擴大規模了。」

傅華笑笑說：「我想我們駐京辦不能老局限在現有的狀態上，我們海川市有很多拿得出手的產品，我們要把這些引進到北京來，讓駐京辦成爲它們走向全國的橋頭堡。那我們的工作範圍就會更大了，回頭我會找個適當時機跟張書記和徐市長交流一下，爲了駐京辦更好的開展工作，市裏面也應該多給我們一點支持的。」

羅雨點點頭說：「對，這也只有你傅主任有這種能力，林東他根本想都不用想。」

傅華笑笑，說：「好好幹吧，我想我們的駐京辦會越來越壯大的。」

第五章

人事佈局

市委書記在人事方面是有很大的發言權的。
如果這個副主任讓別人來做，那就說明之前他說的完全是鬼話，
自己就要重新考慮眼前需要應對的局面了。
現在事情已經佈局了下去，博弈已經開始。

趙凱很快就約好了王畚，帶著傅華和趙婷去了王畚家。

王畚一看到傅華，就說：「傅先生額頭的烏雲散去了，看來你的麻煩過去了。」

傅華笑笑說：「確實像大師所說的，我的麻煩暫時沒有了。也謝謝大師跟小婷說我一定會沒事。」

趙婷接口說：「對啊，大師，幸虧有您鐵口直斷，給了我一個定心丸吃，不然我真的不知道要怎麼熬過那段時間呢。真的太感謝您了。」

王畚搖搖頭說：「小姑娘，不用這麼客氣了，主要是傅先生自己行得正走得端，這才沒事。如果傅主任做了違法的事，我也是沒辦法幫他的。」

傅華笑笑說：「不管怎樣，我和小婷都是十分感謝大師的。對了，大師，說起違法的事，您還記得上次來找您的那個人嗎？」

傅華心中仍因爲孫永的事，對王畚心存疑慮，他覺得王畚肯定沒幫到孫永，孫永才會出事的。

王畚說：「當然記得了，你是說那位孫先生吧？」

傅華笑了笑，說：「那位孫先生實際上是我們海川市的市委書記，現在被抓了。」

王畚搖了搖頭，說：「我當時就算出孫先生的命格是炎上格，命中有朱紫之貴，肯定是官場中的重要人物。可惜了，他還是沒按照我跟他說的去做。其實他原本命格形勢

不錯，只要按照我說的去做，應該不會出什麼問題的。」

傅華心中暗自好笑，他早知這個王畚肯定會把責任推到孫永身上，這是一些街頭算命的江湖術士慣用的手法，靈驗了就說，你看我給你算得對吧，不靈的時候，就是你自己沒聽我的話，肯定有什麼地方沒做好。

不過雖然不信，傅華還是很好奇當初王畚究竟跟孫永說了什麼，便問道：「大師，恕我冒昧，您當時跟孫永究竟說了些什麼？」

王畚笑笑說：「傅先生，你心中還是在懷疑我吧？好吧，我說給你聽吧。當時我用奇門遁甲幫他推演，得出一個陽三局、甲辰壬、天柱星值符、驚門值使。我跟孫先生說，縱觀這個陽三局全局，他所求之事，目前形勢雖然不明朗，但大勢對他有利。不過天柱星屬金，小凶，驚門也是一凶門，主驚恐、創傷、官非之事。兩者又都屬金，與孫先生的火命相剋，是有些不利的。最後我提醒孫先生，有些人和事要注意，並送了孫先生一個字。」

傅華問道：「什麼字啊？」

王畚說：「一個正派的正字，孫先生當時求我解說這個正字是什麼意思，老朽覺得真要解說給他聽，會對他有所冒犯，因此執意不肯，讓孫先生自己回去思考。其實就我來看，這個正字的含義再明顯不過了，就算我不解釋，孫先生這麼聰明的人肯定會瞭解其中的含義。」

趙婷聽到這裏，就說：「對啊，我覺得這個正字很好理解，正直、正派、正統，無非就是這些個意思吧？」

王畚笑笑說：「對啊，你看連個小姑娘都能理解得了，孫先生沒有理由理解不了。老朽之所以給孫先生一個正字，就是看出孫先生這個人做事爲達目的有些不擇手段，偏偏爲他推演的這一局，是要他行爲謹慎，謹守本分，否則就會有官非。我看出他很難做到這一點，這才送了他一個正字，讓他做事首先就要用心正，只要心正，行爲自然是本分的，自然就會避過官非。」

王畚也許根本就沒想到的是，孫永並沒有從字面上去理解這個正字，他把本該很簡單的字複雜化了，他聯繫到徐正的正字，把徐正當成他必欲除之而後快的眼中釘了。

這不知道是不是機緣巧合，還是冥冥中自有天意，孫永如果真的做到了行謹守宜，不去招惹徐正，也許就不會觸發吳雯和她乾爹寄出錄影揭發他受賄的事，就算他不能升官，起碼可以保得住市委書記的官位。

不過，也許這都只是一種巧合而已，只是時間點上碰到了一起，不能把它就歸咎爲是孫永沒有行謹守宜才引發的。傅華還是無法對王畚產生絕對的信任，仍是半信半疑。

趙婷卻有些不耐煩起來，說：「大師啊，別人的事情我不關心，現在傅華又要繼續做他的駐京辦主任，我想問一下大師，以後他會不會有什麼類似的麻煩發生啊？」

王畚回說：「你不用擔心，應該沒事的。」

趙婷不放心地說：「大師，你連推算都沒推算，又怎麼知道沒有呢？傅華，你讓大師幫你推算一下，不是有那個奇門遁甲排局嗎？」

王畚笑說：「小姑娘，你別著急，傅先生也不用排什麼局了，他並不信這個，就算排了，也無法靈驗。」

趙婷說：「大師，你就沒辦法了嗎？」

王畚笑笑說：「其實就算推算也不能保傅先生一輩子平安的，人的命運是在不斷變化的，就像我們剛剛討論的孫先生一樣，其實排局的當時，形勢是有利於他的，可是後來他的作爲改變了這個形勢，最終導致了他現在的下場。」

趙婷說：「那怎麼辦呢？」

王畚說：「小姑娘你也不用慌，其實上一次傅先生之所以沒事，並不是老朽幫他逆天改命的結果，這種結果的因，傅先生自己早就種下啦。傅先生要想保一生平安，只要堅持自己以前的原則就好。所以，我把送給孫先生那個正字也送給傅先生，相信傅先生肯定明白我的意思了。」

傅華笑笑說：「我明白，用心正，行爲自然就本分，就什麼也不用害怕。」

傅華對王畚這個說法倒是很能接受，他明白只要行得正，別人便害不到自己。

王畚說：「我就是這個意思，其實我常勸來找我的人，不要做壞事，因爲一旦做了壞事，懲罰便無處不在，隨時會來。即使眼下可以暫時沒事，可是早晚會受到報應的。傅先生也是公門中人，我把這話重講給你聽，希望你引以爲戒吧。」

傅華神態嚴肅了起來，他覺得這個王畚是一個有智慧的人，他的話也是應該謹記的，便說：「大師，你這話我記住了。」

趙凱在一旁說：「傅華，大師這句話確實你應該記在心裏。小婷不需要你賺多少錢，也不指望你做多大的官，只要你平平安安，不用她擔心，就萬事大吉了。」

傅華點點頭，說：「我知道了爸爸。」

從王畚那裏回來之後，傅華加大了跟各部委溝通的力度，賈昊和劉傑也爲了給傅華壯聲勢，動用了他們各自的人脈關係，幫助傅華在各部委跑新機場項目，目的只有一個，向海川市證明傅華的工作能力。

很快，在各方共同的努力之下，新機場項目用地通過了國土資源局的預審，從而又向發改委核准海川市新機場項目邁出了堅實的一步。

傅華第一時間得知了這個消息，馬上撥通了徐正的電話。徐正自傅華鬧辭職被挽留之後，跟傅華之間一直很冷淡，傅華想藉這個好消息緩和一下他們之間這種過於僵硬的關係。

又是徐正的秘書劉超接的電話，秘書往往是跟領導一個態度的，劉超接了電話，有些冷淡的說：「傅主任，有什麼事嗎？」

「劉秘書，徐市長呢？新機場項目有了重大好消息，我想直接向徐市長彙報。」

傅華之所以強調重大好消息，是想引起徐正的興趣，讓徐正親自接電話。這些日子以來，他向徐正打電話，都是劉超接的，有什麼事情，徐正也是讓劉超轉達。這對傅華來說十分彆扭，他知道這樣下去不行，自己如果還要做好這個駐京辦主任，跟徐正之間的這塊冰一定要融掉，而要融掉的第一步，就是要跟徐正本人說上話，如果連話都無法直接說，那關係是無法融洽起來的。

幸好即使在傅華辭職的那個時候，他對徐正也沒有直接提出過批評，兩人起碼還維持著一個表面上的客氣，沒有撕破臉，這讓緩和成爲了可能。

劉超便說：「你等一下，我去看看徐市長能不能接你的電話。」

過了一會兒，徐正的聲音從電話那頭傳了過來，雖然仍很冷淡，不過徐正既然肯接電話了，說明他還是很關心新機場項目的，這對傅華來說也是一個好的兆頭。

徐正問：「傅主任，新機場項目有什麼進展了嗎？」

傅華立刻說：「報告徐市長一個好消息，我剛剛得到通知，國土資源局已經通過了我們的用地預審，而環保部對我們新機場環境影響報告的審查也進展順利，我想很快也會通過的。」

徐正語氣仍然很冷淡，說：「不錯啊，你們工作很努力，繼續加油吧。還有別的事嗎？」

傅華聽徐正一副想掛斷電話的意思，如果這樣就結束，那他這番努力就付諸流水了，而且絲毫沒有對兩人之間的關係有任何改善。

不行，這個電話不能就這麼掛斷，傅華腦子一邊飛快的想著事由，一邊說：「徐市長，那個……」

徐正有些不耐煩，說：「什麼那個這個的，有事就說，吞吞吐吐的幹什麼？」

傅華忽然想到他想要壯大駐京辦的計畫，這個時候倒是可以提出來作爲話題，而且表面上也是自己主動向徐正請示工作，表示了對他這個市長的尊重，便趕忙說：「徐市長，是這樣，有件事情我想請求您的幫助。」

聽傅華這麼說，徐正愣了一下，然後說：「我沒聽錯吧？你要我幫忙？」

傅華心裏暗罵徐正小心眼，自己一再向他示好了，他還是這麼陰陽怪氣的，不過這種小人還真是不能跟他計較，便笑笑說：「對啊，您一向對我們駐京辦的工作很支持，我想這件事您一定會對我們大力支持的。」

徐正雖然對傅華還是有些芥蒂，可是他很享受傅華求他幫忙的這種感覺，便說：

「你先別急著吹捧我，我幫不幫得上忙還說不定呢，說吧，什麼事？」

徐正肯鬆口就是一個好的開始，傅華便說：

「是這樣，您也知道我們駐京辦已經不是在四合院租房辦公的階段了，現在涉及的工作範圍也與那時不可同日而語。尤其是最近這段時間，我們一方面要跑新機場項目，另一方面還要維持海川大廈這邊的業務，真是很辛苦。」

徐正不耐的說：「你們的成績我都看到了，就不用再這麼表功了，有事就說事。」

傅華立刻說：「但是我們現在的人員還是四合院辦公時那麼多人，增加了這麼多工作有點應付不過來，您看能不能幫我們爭取一下，讓駐京辦增加一些工作人員？」

傅華知道要給單位增加編制，肯定是繞不過徐正這邊的，索性借這個機會，當面向徐正提了出來。

徐正聽傅華提出這個要求，第一個反應就是拒絕，可是他隨即想到，也許這件事情對他來說不一定就沒有好處。

這次傅華鬧辭職，讓徐正意識到目前在駐京辦，他還真是沒有什麼親信可用的人，那個林東，關鍵時刻根本就頂不起來，是個沒用的廢物。現在在傅華手裏，駐京辦的重要性日漸顯現，這塊陣地不能全部交給傅華掌握，也許可以趁這一次傅華要求增加人員的機會，往裏面安插上自己的人，日後駐京辦有了自己親信可靠的人，就可以讓這個人在適當的時機取而代之。

想到這個，徐正便有些傾向於同意傅華的意見了，不過他並沒有急著答應，他怕答應得太快，讓傅華看出他的用心，便說：

「你們現在的工作不是做得挺好嗎？要增加人幹什麼？再說，現在到處都在精簡人事，這時候提出來增加人也不合時宜。而且要增加人，財政就會增加一筆開支，目前市裏的資金很緊張，不太好處理。」

傅華聽徐正雖然找了一大堆理由，可並沒有一口回絕，就知道徐正這裏還是有商量餘地的，便陪笑著說：

「我們駐京辦之所以能應付下來，全賴全體同志都在高負荷的運轉，大家都努力工作並且沒有怨言。但是，要應付一時可以，卻沒有理由讓他們老是這麼辛苦的超負荷工作，眼下這個問題到了必須要解決的時候了。至於增加人員的開支，我想可以從兩方面解決，一方面市裏撥一部分，另一方面我們也可以自己解決一部分。」

徐正說：「你說的這個情況我也注意到了，這件事我會幫你們爭取的。你說得對，也不能讓駐京辦的同志們老是這麼辛苦。」

傅華笑笑說：「那謝謝徐市長了。還有一件事，也跟增加人員有關。徐市長能不能幫我們爭取再給駐京辦配一名副主任？」

徐正聽了，說：「傅主任，你不要得寸進尺啊。」

傅華解釋說：「是這樣，現在駐京辦事務日漸繁雜，我和林東兩個人能力有限，有點應付不來，再增加一名副主任也有利於駐京辦工作的開展。」

徐正倒沒有想什麼駐京辦的工作開展，他想，如果再增加一名自己的人做這個副主任，倒是更有利於對駐京辦的掌控，也可以減少駐京辦對傅華的依賴。便說：「好，這個情況我知道了，回頭我跟張書記說說這個事情，看看能不能幫你們解決。」

傅華笑笑說：「那我先謝謝徐市長了。」

「行了，先不用謝我了，看在你們用心在跑新機場項目的面子上，我會幫你們盡力爭取的。好了，我還有事，先掛了。誒，對了，新機場項目審批雖然進展不錯，可是你們不能自滿，不能鬆懈，還要加把勁，知道嗎？」徐正說。

傅華說：「您放心，我們會盡力去做好這項工作的。」

徐正沒再說什麼，將電話掛掉了。

傅華放下了電話，他對跟徐正這次的通話還算是滿意，徐正的態度雖然不是那麼熱絡，起碼跟自己講了一段時間的話，有了這一次爲基礎，下一次他再要跟徐正直接彙報就不會太尷尬。傅華相信再有一次談話，兩人的關係會恢復些。

傅華相信，徐正可能也想維持表面的和氣，畢竟他在某些方面也是希望借助駐京辦的。不過，傅華對徐正並不放心，徐正雖然答應幫自己爭取，他內心中是怎麼想的，自己無法弄清楚，徐正會不會從中搞鬼他也不清楚。俗話說，害人之心不可有，防人之心不可無，傅華覺得自己還是應該預作防備好一點。

傅華撥通了張琳的電話。

「張書記您好，有件事情想向您彙報一下。」傅華說。

「說吧，什麼事？」張書記說。

「是這樣……」傅華便把自己跟徐正剛才說的那些又講了一遍。

張書記聽完，想了想說：「駐京辦是直接隸屬市政府的，這件事情，你應該先跟徐正同志講一下。」

傅華報告說：「我剛跟徐市長講了這件事情，他說會盡力爭取。」

張書記便說：「我這邊沒什麼問題的，只要徐正同志提出來，我不會反對的。」

「我知道張書記肯定是支持我們駐京辦的工作的，不過，有些事情還需要張書記幫我們把把關。」傅華說。

張書記問：「什麼事情啊？」

傅華說：「是關於增配一名副主任的事，我考慮增設這名副主任，主要是想培養一名德才兼備、在關鍵時刻能夠頂得起來的幹部，即使我不在駐京辦了，他也能把駐京辦帶起來。我們需要的是這樣的人，因此，我希望上面能多從這方面考慮，從而決定相關的人選。」

張書記笑說：「不要跟我繞圈子了，說吧，你看好誰了？」

傅華回說：「我覺得現在駐京辦的辦公室主任羅雨這個人不錯，他年輕力強，在駐京辦工作有一段時間了，有很豐富的駐京辦工作經驗。我接任駐京辦主任以來，他對我的工作幫助也很大，是時候給他加一點擔子了。」

張書記上次去北京見過羅雨，便說：「羅雨這個同志我也觀察過，是棵好苗子，這件事情我記下了，我會認真考慮的。」

傅華說：「那就多謝張書記了，如果有一個好助手，我的工作壓力會減輕很多的。」

「好好幹你的工作吧，組織上會支持你的。」張書記說。

通完電話，傅華臉上露出了笑容，他覺得這件事情是一個很好的試金石，通過這件事情，能夠試出張琳究竟是否真心支持自己。張琳應該很明白自己目前的處境，上面有一個彆扭的直接領導徐正，下面還有一個時時想跟自己搗亂的副主任林東，如果再讓徐正安插一個他的親信來做副主任，那這個局面可想而知，不要說開展工作了，就是想要維持住自己的領導地位都很難。

張書記肯定明白這個新增副主任的重要性，如果這個人是傅華選定的羅雨，那肯定會對傅華的工作有很大的助力，他如果真心支持傅華，就會安排羅雨做這個副主任的，因爲市委書記在人事方面是有很大的發言權的。如果這個副主任讓別人來做，那就說明之前他說的那些什麼信念之類的，完全是鬼話，只是爲了糊弄自己給他賣命而玩的把戲，那自己就要重新考慮眼前需要應對的局面了。

現在事情已經佈局了下去，博弈已經開始，傅華真心希望羅雨能夠順利當上這個副主任，否則的話，他不但要面對比以前更困難的工作局面，也要面對張琳是不可信任的這個令人失望的窘境。

下班的時候，傅華走出辦公室，正好看到羅雨和高月說笑著一起往外走，他忽然很想跟羅雨聊一聊，畢竟很多事情他並沒有跟羅雨徹底的談過，還不知道羅雨自己心裏是怎麼想的。

傅華叫住了羅雨：「小羅，你和高月要出去嗎？」

羅雨和高月停住了腳步。

「我們要去吃飯，傅主任，你有什麼事情嗎？」羅雨回答。

傅華笑笑說：「我有點事情想跟你聊聊，要不我請客，我們三個一起吃吧。」

高月聽傅華說要跟羅雨聊聊，很知趣地說：「我跟羅雨只是吃個飯，沒什麼事情，這樣，你們去吃吧，我就不去了。」

傅華說：「沒事的，高月，一起去吧。」

「我在海川風味餐館隨便吃點就好了，你帶羅雨去吧。」高月笑笑說。

傅華便不再堅持，帶著羅雨開著車在附近找了一間餐館。

坐定之後，傅華便說：「不好意思，小羅，耽擱你們小倆口約會了。」

羅雨笑笑說：「沒事的，我們經常會一起吃飯什麼的，不差這一天。」

傅華笑問：「我看你們進展的不錯，什麼時候結婚啊？」

羅雨不好意思地說：「我們還沒進展到這種程度啦。」

傅華以過來人的口吻說：「不要拖得太久，時間久了，很多東西就會變得平淡了。」

羅雨笑說：「傅主任爲什麼突然發這種感慨啊？是不是你覺得跟嫂子之間相處時間長了，感情變得有些平淡了？」

傅華聽了，笑說：「別往我身上扯，我只是告訴你我的經驗之談，差不多就趕緊把婚事辦了，也好早一點專心在工作上。」

話雖這麼說，傅華心裏卻忽然一動，似乎他跟趙婷結婚這一段時間下來，兩人之間真的變得有些平淡起來，趙婷現在雖然還是很黏他，可是也不像剛開始認識時，動不動就跑來駐京辦找他了。婚姻生活也許真的進入什麼平淡期了。

羅雨笑笑說：「謝謝傅主任關心，我會抓緊時間的。」

傅華說：「好，知道抓緊就好。我們不談這個了，我找你來，是想跟你聊一點正經事，還記得上次我跟你談擴大駐京辦規模的事嗎？」

羅雨點點頭，說：「我記得，傅主任你的設想很好啊。」

傅華說：「今天我跟張書記和徐市長談了這件事，兩位領導對這件事都很支持，認爲我們駐京辦確實需要增加一些人員，所以這件事應該可以說是進入了落實的階段。」

羅雨聽了，說：「那太好了，我們駐京辦又可以上一個臺階了。」

傅華笑笑說：「我再透露個好消息給你，你知道嗎，小羅，我感覺我到駐京辦來這段時間，你一直跟著我跑前跑後的，對我的幫助很大。我覺得你這個人誠實可靠，很值得信賴，因此向張書記推薦，由你來做這新增設的副主任，當然，前提是上面同意增設這名副主任的職位。張書記對你的印象也不錯，他雖然沒有明確答應，可是我可以看出他的意思也是趨向於同意你的。」

羅雨很激動，看著傅華說：「謝謝傅主任這麼看得起我，今後我一定努力做好工作，不辜負傅主任對我的信任。」

傅華笑笑說：「你先不要急著謝我，這件事情還沒有定案。我是很期望你能當上這個副主任的，有你從旁協助我，我工作起來也少很多後顧之憂。我之所以提前透露給你這個消息，是希望你最近這段時間一定要好好表現，千萬不能出現什麼差錯。機會是給你了，你可要把握住。」

羅雨立刻說：「我知道傅主任的意思了，我一定會注意的。」

傅華又交代說：「這件事情你要注意保密，你也知道現在的世道，上面沒做出正式安排之前，變數還很多，什麼事情都有可能發生，你自己不要出去隨便亂說，明白嗎？」

羅雨點了點頭，說：「我一定不會隨便亂說的。」

傅華說：「希望上面能讓我們兩個人共同攜手搞好駐京辦。好啦，點菜，點菜。」

傅華就隨便點了幾個菜，酒菜上來後，兩人就開始聊些輕鬆的話題，再也沒談副主任這件事情。不過傅華注意到，雖然羅雨盡力做出一副輕鬆的樣子，可是時不時就會有些走神，看來注意力已經被吸引住了。

吃完飯，傅華將羅雨送回海川大廈，羅雨下了車，跟傅華說了聲再見，就低著頭往大廈裏走。

傅華並沒有馬上離開，他在背後看著羅雨，羅雨一直低著頭往大廈裏走，根本就沒有回頭看傅華有沒有離開。傅華從羅雨的背影隱約可以看出，羅雨一副心事重重的樣子，看來他已經開始考慮如何爭取當上這個副主任了。

今天傅華之所以告訴羅雨這個消息，並不單純是想讓羅雨表現得好一點，他是想讓羅雨自己也動起來，爭取這個副主任。

傅華這時想明白爲什麼徐正會那麼痛快的答應自己了，增設一名副主任是一把雙刃劍，如果被徐正利用，安插了徐正的人來做，那將是自己下出來卡死自己的一步臭棋。徐正的政治經驗比自己豐富，自己都想到的事，徐正肯定不會想不到。所以傅華必須卡住這名增設的副主任的位置，他必須設法讓羅雨確保能夠成功接任。

傅華能夠做的，都已經做了，現在傅華希望羅雨也能動用起他自己的資源，幫自己爭取副主任這個位置。這是傅華目前能夠想到的最後一點招數了。

但是看到羅雨這副心事重重的樣子，傅華心裏有點不自在，他覺得也許該等事情塵埃落定之後再讓羅雨知道也不晚，他不知道把羅雨拉進這場博弈之中是對還是錯，是在幫他還是在害他。

羅雨一開始並沒有要加入到這場權力博弈當中，在駐京辦中表現得相對超脫很多，但是現在不同了，傅華把赤裸裸的誘惑放到了他面前，讓他感受到只差一步就有升遷的可能。

也許自己提供的就是羅雨想要的吧，在自己說出推薦他做這個副主任的時候，可以很明顯的看出他是很激動的，說明自己給他的，正是他熱切盼望的。再說，他是成年人了，有判斷是非的能力，不需要自己爲他擔心些什麼。

傅華想到這裏，心中釋然了，一踩油門，加速離開了海川大廈。

羅雨回到他在海川大廈的宿舍，高月便找了過來，看羅雨一副嚴肅的樣子，便問道：「傅主任找你談什麼了，怎麼看你一點都不高興的樣子？」

羅雨嘆了口氣，說：「也沒談什麼，只是隨便聊聊而已。」

高月看了羅雨一眼，說：「沒談什麼你怎麼這個樣子，下班的時候，你可是心情不錯的。」

羅雨不耐地說：「好啦，你別來煩我了。」

高月生氣地說：「誰煩你了，我不過是看你這個樣子，關心關心你嘛，好心當成驢肝肺，好啦，你自己悶著吧。」說著，轉身就要離開。

羅雨有些不捨得高月離開，一把抓住了高月的手，說：「月，你別走啊，是我不好，我不是要趕你走的。」

高月氣說：「我不走，留在這裏煩你嗎？放開我。」

羅雨看高月真的生氣了，趕忙陪笑著說：「好啦，親愛的，我是心中有事，不是煩你，別生氣了，我跟你道歉好不好。」

高月還想甩脫羅雨的手，羅雨自然不肯，索性將高月抱進了懷裏，高月還要掙扎，羅雨立即低下頭去吻住了高月的嘴唇。

高月嬌軀扭動掙扎著，粉拳捶打著羅雨的胸膛，最終還是被情郎的深吻打動了，身子慢慢地變軟，沒有了掙扎的力氣，跟著羅雨倒在了床上。兩具充滿了青春熱火的軀體，徹底地融化在一起……

事後，高月嬌喘著緊緊地依偎在羅雨懷裏，說：「雨，我們都已經不分彼此了，你還有什麼不能和我分擔的嗎？」

羅雨說：「不是我不想告訴你，是傅主任讓我要保密的。」

高月假裝生氣說：「你啊，什麼都聽傅主任的，好啦，以後不用理我了。」

羅雨輕輕地吻了一下高月的臉頰，說：「好了好了，我怕了你了，我可以告訴你，不過，你不准跟別人說。」

高月保證說：「我還會害你嗎？」

羅雨說：「是這樣，傅主任想在駐京辦增設一名副主任，屬意要我來擔任。他把這個想法跟張書記和徐市長談了，張書記基本上同意了。」

高月高興地說：「這是好事啊，傅主任對你還真不錯。」

羅雨搖搖頭，說：「你先別高興，事情還沒最後敲定，就還有變數，我還不一定能當上這個副主任呢。」

高月不解的說：「張書記都同意了，還會有什麼變數？雨，你不要太杞人憂天了。」

羅雨說：「月，你不明白現在駐京辦的外在形勢。張書記雖然同意了，可是不代表別人不會阻撓。」

高月想了想，她很聰明，很快就想到了其中的緣由，說：「你是說徐正徐市長？」

羅雨點點頭說：「嗯，你想傅主任跟徐正市長鬧得多僵啊，至今兩個人講起話來還是彆彆扭扭的。這次傅主任推薦我接任這個副主任，徐正市長會那麼甘心讓傅主任的意圖順利實現？我想肯定不會。」

高月和羅雨都是工作過一段時日的幹部了，對官場上已經有了一些觀察，心中也有他們自己的政治盤算，明白徐正跟傅華鬧到這種程度，徐正一定會盡力干擾傅華的。

雖然誰也不能肯定徐正會不會這麼做，可是就兩人看來，這個可能性是很大的，羅雨就是考慮到這個才有些心事重重，他並不想失去這次機會。

羅雨在駐京辦工作已經有些年頭了，知道等來這次機會的不容易。羅雨推算過，傅華年紀很輕，又是公認搞好駐京辦的一把好手，短時間之內，不論從哪個角度上看，他都不會離開駐京辦。而林東離退休還早，也不會將副主任的位置騰出來。

這一番考量下來，羅雨明白，如果沒有得到這名增設的副主任職位，自己想要被提拔，除非回到海川去。

可是羅雨在北京待了這幾年，眼界已經大開，北京的繁華深深的吸引住了他，他寧願不升官也想留在北京。更何況還有一個高月在。兩個年輕人對未來的憧憬之一，就是在北京買棟房子，幸福的生活在這裏。因此這次機會對羅雨來說是彌足珍貴的，放過這次機會，他不知道又要蹉跎多少年。

高月當初想盡辦法活動到駐京辦來工作，也是想到這裏開拓一片屬於自己的天地，自然希望情郎能夠更上層樓，她看著羅雨，問道：

「那怎麼辦啊?我們也不能就這麼看著大好機會白白流走。」

羅雨說：「我知道怎麼辦，保險起見，我最好私下跟徐正市長打打招呼。」

高月愣了一下，說：「你要找徐正?徐正跟傅主任鬧得這麼僵，你私下去找徐正，這不是背叛傅主任嗎？」

羅雨說：「我這又不是在背後算計傅主任，只是確保我能當上這個副主任，傅主任他也是真心希望我能做到這一點的。」

高月有些疑慮地說：「雨，這麼做不好吧？」

羅雨說：「我都跟你說了，不管發生什麼，我是不會跟傅主任對著幹的，有什麼不好的？再說，現在說這個也沒有用，我把我能找的人在心裏盤算了一遍，還真找不出一個人能幫我這個忙。」

高月看了看羅雨，說：「你將來真的不會跟傅主任對著幹？」

羅雨信誓旦旦地說：「當然了，我如果能當上這個位置，傅主任對我來說是有提攜之恩的，我怎麼會忘恩負義呢？」

高月說：「如果你真的能做到這一點，我倒是有一個人選可能幫到你。」

羅雨驚喜的看著高月，說：「誰啊？快告訴我。」

高月有些猶豫了起來，說：「還是算了吧，我總覺得這麼做有點對不起傅主任，人家真心幫你爭取這個職位，你卻在背後跟他的敵人私通款曲。雨，我看我們還是靜觀其變得好，成固亦喜，不成我們也沒少什麼。」

羅雨急道：「那怎麼行，好不容易才有這個機會的，我不想失去。好啦，月，我發誓我是真心要幫傅主任的，如果我日後跟傅主任對著幹，那我出門讓車撞死。這總行了吧？」

高月急忙用手堵住了羅雨的嘴，說：「你跟傅主任好好配合就行了，發什麼毒誓啊。」

羅雨抓住了高月的手，說：「那你可以告訴我找誰了嗎？」

高月笑說：「我不是還有一個大富翁的舅舅嗎？」

羅雨說：「你是說伍弈伍董啊？他肯幫我嗎？」

高月笑笑說：「自己的外甥女婿不幫忙，那他要去幫誰啊？」

羅雨愣了一下，說：「誰是他外甥女婿啊？」

高月手指點了一下羅雨的腦門，說：「除了你這個傻瓜，又有誰肯娶他的外甥女呢？」

羅雨笑了起來，抱緊了高月，道：「你竟然敢說我是傻瓜，看我怎麼對付你。」

兩人假意撕扯著對方，很快就又黏到了一起去了……

第六章

仇富情緒

「寧先生，你看最近兩年發生的一些事情，山西著名的鋼鐵大王在辦公室裏被槍殺；南江省皮草大王在家門口被斬殺；這麼多富豪接連被殺，是不是代表著社會上已經開始有一種仇富的情緒在蔓延啊？」

曉菲打電話來，由於有言在先，傅華不好意思不接她的電話，便接通了，笑笑說：「曉菲小姐，親自打電話來有什麼指示嗎？」

曉菲說：「今晚我的沙龍邀請了一位重要的客人，我想傅主任也許會感興趣來湊湊熱鬧。」

傅華有心想直接拒絕，可是如果連客人的名字都不問，似乎有些不太禮貌，顯得自己不去明顯是針對主人，便問說：「不知道是哪位客人？」

傅華打算只要曉菲說出名字，就說自己對這個人不太感興趣，然後再拒絕掉，這樣也顯得他有禮貌些。

曉菲說：「是著名的經濟學者寧則，我有一位朋友跟他很熟，所以有幸邀請到他。」

寧則?!傅華愣了一下，這是一個如雷貫耳的名字，他是最近馳名國內的著名學者，也是出身北大的名教授，跟傅華的老師張凡算是齊名的人物，某種程度上，甚至比張凡名聲還要大，不過，他跟張凡不是一個學派的，所提倡的理論也有很大的不同。

這樣一個人物，傅華自然很有興趣當面聆聽一下他的理論，便說：「晚上幾點？」

曉菲說：「我就猜你對這個人會感興趣的，你在學校的時候，有沒有聽過寧則的課啊？」

傅華笑說：「想不到你還查了我是那裏畢業的，是不是很失望啊？」

曉菲納悶地說：「我爲什麼要失望？」

傅華說：「我那天在沙龍裏竟然敢那麼囂張，結果只不過是個北大的普通學生罷了，你當然會失望了。」

曉菲呵呵笑了起來，說：「誒，傅主任啊，你叫我說什麼好呢，你的自卑感又發作了吧？是不是不諷刺我一下，你心裏不舒服啊？」

傅華埋怨道：「你能不能不用自卑感這個詞來說我啊？用的次數多了就不新鮮了。」

曉菲笑說：「好啦，我不用就是了。我跟你說，我這個沙龍只邀請看得順眼的朋友，不論學歷貴賤的，這下你滿意了嗎？」

傅華說：「滿意了，你還沒告訴我時間呢。」

「八點，要準時啊。」

「行，我沒有遲到的習慣。蘇董也會去嗎？」傅華問。

曉菲說：「南哥不在北京，來不了。怎麼，一個人不敢來嗎？」

傅華笑了：「你不怕蘇董不在，我會更不客氣嗎？」

曉菲聽了，笑說：「用不著客氣，某人上次可是被我說得尷尬的不行了，我還害怕他沒臉再來呢。」

傅華裝作不解的說：「你說誰啊？我記得是某人先惱火的，不知道我這一次去，會不會又惹惱了某人呢？」

曉菲笑笑說：「傅主任，你想這麼一直跟我鬥嘴下去嗎？我還要打電話邀請別人呢。」

傅華便也笑笑說：「好啦，我們晚上見吧。」

曉菲掛了電話，傅華笑著搖了搖頭，這個曉菲還真有些難以捉摸，上次他跟她鬧得很不愉快，她竟然會親自打電話邀請自己再去沙龍，她是不是想要尋自己開心呢？也許她吃慣了大餐，偶爾想吃點開胃小菜?!

不過，傅華終究抵不過寧則對他的吸引力，他很想見識一下這位著名學者的風範。

晚上，傅華開車去了曉菲的沙龍，寧則還沒到，曉菲看到傅華的車，立刻迎了出來。

看得出來，曉菲刻意打扮過，一身黑色繡著牡丹的旗袍越發顯得她的氣質超凡脫俗，傅華心中不禁暗自讚嘆，這種氣質不是可以一蹴而就的，而是需要從小薰陶才會有的。同樣一身這樣的旗袍，傅華相信趙婷就穿不出曉菲這種感覺來。

傅華開玩笑說：「大學者要來，曉菲你也不一樣了。」

曉菲笑說：「你這是在誇獎我嗎？」

傅華回說：「呵呵，雖然我不太情願承認，可是也不得不說你今天這一身真有氣質。」

曉菲笑了，說：「有人曾經說過，如果想要誇一個不漂亮的女人怎麼辦？就說她很有氣質。」

傅華笑說：「我是真心誇獎你的，你就不要這麼多心啦。」

「那就謝謝了。」曉菲說。

曉菲將傅華領進了沙龍，讓侍者給他倒了一杯酒，又放了點佐酒的開心果之類的，便去接待別人了。

八點十五分，寧則來了。寧則看上去比電視上的形象顯得清瘦很多，也沒有電視上那麼有氣勢，個子稍顯矮了一點，但是很有學者的那種味道。

寧則簡單的跟大家握了握手之後，便坐到沙發的中心位置，大家也圍繞著他坐了下去。

沙龍本來就不是什麼正式的場合，是大家隨便坐著聊天的。坐定之後，曉菲先對寧則能來表示歡迎，客套話講完，曉菲就請寧則講講他對最近這段時間國內經濟形勢的看法。

寧則便開始滔滔不絕的講起了他的觀點，聽了五分鐘之後，傅華便有些後悔跑這一趟了，寧則所講的不過是一些套話而已，什麼國內經濟形勢一片大好，經濟開放取得了巨大的成果，社會在不斷的進步等等這些陳辭濫調。

這就是著名的經濟學者嗎？傅華有些困惑了，難怪蘇南說曉菲這個沙龍裏聽不到多少真話，大家只是把這裏當做一個聊天散心的地方。

傅華可以看得出來，其他的客人對寧則這套說法也並不感興趣，大家之所以還在看著寧則，可能是跟自己一樣，受了寧則這個著名學者光環的誘惑了。

曉菲似乎察覺眾人對寧則講的內容並不十分感興趣，就在寧則講完之後，拋出了一個有點尖銳的問題，她說：

「寧先生，你看最近兩年發生的一些事情，去年五月，山西著名的鋼鐵大王在辦公室裏被槍殺；八月，南江省皮草大王在家門口被斬殺；今年六月，陝西省一位億萬富豪被人用炸藥炸死，據說所涉及的金額僅六千元。這麼多富豪接連被殺，是不是代表著社會上已經開始有一種仇富的情緒在蔓延啊？」

寧則笑了笑，說：

「這種說法是不合邏輯的，這些事件只是一些個體的事件，產生的原因也各自不同。不過是大眾喜歡把它們扯到仇富情結上面去。這與現在的媒體喜歡嘩眾取寵有關，不這麼寫，人們就不會願意看這些了。就我看來，我們國家的貧富差距還很小，還需要拉大，只有拉大了社會的貧富差距，這個社會才更有進步的空間。中國幾千年封建社會遺留了很多不好的思想傳統下來，其中最不好的，就是所謂的殺富濟貧，殺富濟貧是解決不了問題的，殺了富人，窮人只會更窮，因爲在經濟社會中，是富人在給窮人們提供就業機會，窮人應該感激富人，而不是去恨他們。」

寧則這個觀點倒是很新穎，甚至新穎的讓傅華有些震驚，這算是一種什麼觀念呢？寧則這是在明顯的維護富人們的既得利益，而且還在宣導窮人們對富人們應感恩戴德。這種學者已經站在富人一邊、淪爲權勢集團的輿論工具了。

傅華心中便有些不平，說道：「不管什麼主義的社會，貧富差距拉大都是很危險的，是社會走向動亂的前兆。」

寧則說：「我是教授經濟學的，貧富差距拉大很危險，這我比你知道，可是這社會也是應該容忍一定程度的貧富差距，當然，這要在可控制的範圍之內。因爲貧富差距的拉大，體現的是效率優先的原則，一個社會不講求效率是無法進步的。」

傅華反問：「效率是有了，那公平呢？普羅大眾所追求的公平呢？就不需要維護了嗎？」

寧則說：「你這個說法充分體現出了中國人幾千年以來的劣根性，什麼事情都是不患寡而患不均。中國的問題不是富人太多，而是太少，我們就是要讓這社會上的富人不斷的增加。」

傅華搖搖頭說：「我覺得社會的問題不是富人太少，而是窮人太多了，如果任由這個事態這樣發展下去，社會就會失去公平，就會走向動亂。」

對傅華的針鋒相對，寧則有些惱火，他看著傅華，問道：

「還沒請問這位是？」

曉菲笑笑說：「他叫傅華，海川駐京辦的主任。」

寧則臉上立刻露出了不屑的表情，說：

「這位傅先生可能是因爲來自基層，對整個國家的經濟形勢並不十分瞭解，觀點十分膚淺，而我是著力研究這方面的，在這上面花費了我大半生的心血，我殫精竭慮就是希望讓這個國家走上強盛，我希望國家能夠接受我的改革觀點，不然的話，那就不是我個人的失敗，而是整個國家、整個民族的失敗。」

寧則的不屑激怒了傅華，他說：

「寧先生是著名學者，這個我不反對，可是寧先生並不是真理的化身，我雖然來自基層，也確實沒在這方面做過什麼深入的研究，可是我知道民間的疾苦，知道基層的農民和勞工生活的不容易，他們付出了極大的辛勞，卻並沒有因此過上幸福的生活，甚至有些極底層的人們活得還很艱辛。一個學者如果不能跟普羅大眾站在一起，卻成爲極少數既得利益者的衛道士、維護者，只會歌功頌德，那他就是學問再好，對我們這個國家、整個民族也只能是有害無益的，因爲他學者的良心沒有了。不要忘記了，我們的政府應該是人民的政府，如果大多數人民都窮困潦倒，少數人富了又有什麼用處？」

寧則的臉青一陣白一陣的，半天也沒說出話來。

曉菲看出了寧則的尷尬，連忙端起了酒杯，說：「我們大家不要光顧著聊天，喝點酒，喝點酒。」

大家端起了酒杯喝起酒來，這才將寧則的尷尬掩飾了過去。

放下酒杯之後，寧則就不再那麼滔滔不絕了，只是被動的回答著別人的問題。過了一會兒，自己也覺得無趣，就告辭要離開。

曉菲將寧則送出了沙龍，一會兒回來坐到傅華旁邊，傅華笑笑說：「是不是在後悔請我來了？」

曉菲說：「我在你眼中就那麼沒有雅量嗎？」

傅華笑說：「你不後悔請我來，我倒是後悔跑這一趟了。」

曉菲聽了，笑說：「怎麼了，得罪著名學者害怕了？」

傅華搖了搖頭，說：「我有什麼好怕的，我又不去做學問，進不了寧則的圈子。我只是後悔這麼大老遠的跑來，沒聽到絲毫有亮點的想法，卻聽了一肚子的陳詞濫調。我真的很失望。」

曉菲笑笑說：「盛名之下其實難符。實話說，寧則今天的表現也很讓我失望，不過，你這個人真是挺好玩的，你一向就這麼認真嗎？」

傅華反問：「我很認真嗎？」

曉菲說：「你沒看到自己跟寧則辯論時候的樣子，臉紅脖子粗的，活像要吃了對方一樣。」

傅華笑了，說：「有這麼誇張嗎？我只是被他的自大激怒了而已。什麼不接受他的觀點就是國家的失敗、民族的失敗，他自以為多偉大啊？」

曉菲笑笑說：「他說的是有些誇張，不過，你也不用那麼直截了當的反駁他。說起來，他總是你們學校的教授，就是為了尊師重道，也應該給他留幾分面子的。」

傅華說：「我想就是因為這麼多人都給他面子，他才會有那麼荒謬的觀點，什麼貧富差距還不夠大？多少讀過一點歷史的人都應該知道，歷史上幾次著名的農民起義，都是在貧富差距極大的狀態下發生的。我不知道寧則宣揚這個是什麼用心，難道他想讓我們的國家發生動亂嗎？」

傅華說話的時候，曉菲一直默默看著他，傅華被看得有些不自在，問道：「怎麼了，這麼看著我幹什麼？我臉上有髒東西？」

曉菲笑說：「沒有，你的臉挺乾淨的。我只是覺得一個人認真起來挺好玩的。」

傅華臉色變了，他覺得被邀請來，只是因爲自己在這個圈子裏實在很另類，自己這麼衝動的去跟寧則辯論，看在曉菲眼中，大概就像在看一個小丑在表演，所以她才會覺得好玩。

傅華有一種被侮辱了的感覺，心中更加後悔來參加這個沙龍聚會了。他站了起來，說：「時間也不早了，我要回去了。」

曉菲愣了一下，說：「怎麼了？剛才你不是說得興致勃勃的嗎？這麼急著回去幹什麼？」

傅華乾笑了一下，他是個性柔和的人，不肯在言語中傷人，便說：「時間真的不早了，我回市區還有一段路的，再說寧則也被我氣走了，中心人物都不在了，我留下來也沒有意思。」

曉菲看了看傅華，似乎察覺到了什麼，便笑笑說：「那我送你出去。」

傅華就往外走，曉菲跟在後面將他送到了車旁。

傅華上了車，曉菲站在車旁問道：「我下次再要請你來，你是不是就不會來了？」

傅華旋即明白，曉菲已經看出自己有所不滿了，不過看出來就看出來吧，自己跟她這個圈子實在是距離很遠，他並沒有繼續高攀下去的意思，更不想讓這個圈子把自己當成笑料，便笑了笑說：「我想我還是不適合這裏的吧。」

曉菲看著傅華，說：「我有些不明白，我今天沒做什麼刺激你的事情吧？」

傅華笑笑說：「不是你的問題，是我真的不適合這裏。你看寧則都點出來了，我只是一個來自基層的小官僚，觀點是很膚淺的，而你這裏呢，寧則這樣的知名學者隨隨便便就請來了，如果換到別的地方，寧則的出場費可能都不菲，還不一定能請得到。」

曉菲說：「我這裏往來的都是朋友，而不管是不是什麼知名不知名的學者。就像今天這個寧則，我也不覺得他有什麼特別需要我去尊重的地方。相反，朋友是需要互相去尊重的，是不分貴賤的，難道說，我不算你的朋友嗎？」

傅華笑了，說：「我們算朋友嗎？」

曉菲回答：「當然了。」

傅華搖了搖頭說：「我覺得不算，至少我從來不覺得朋友是好玩的。」

曉菲凝視著傅華，說：「喂，我又要說你了，你知道嗎，我們之間的問題不在我，而是在你，你始終不肯把自己放到一個跟我平等的位置上去。」

傅華搖搖頭，說：「不是我把不把自己放到跟你平等的位置上，你看到今天寧則聽說我是駐京辦主任臉上那副神情了嗎？根本就是一種不屑與我談話的表情，說明什麼，說明我在他看來，根本就不是這個圈子裏的人物。就像今天一樣，你叫我來，其實只不過是想看我跟人爭辯的樣子，好玩嗎？是不是像小丑一樣滑稽啊？下一次準備找誰來跟我爭辯啊？」

曉菲呵呵笑了起來，說：「真是拿你沒辦法，好啦，時間也確實不早了，你可以走了。」

曉菲並沒有回答自己的質疑，相反戛然而止，反而讓傅華有些不自在起來，他乾笑了一下，說：「那再見了。」

曉菲笑笑說：「你不是不願意再跟我見面了嗎？還說再見幹什麼？」

傅華被嗆了一下，便閉上了嘴，發動車子往外走。曉菲沒再說什麼，也沒等傅華車子開出院子，轉身就回沙龍去了。

傅華一邊開車，一邊望著曉菲的背影，心中竟然有一種悵然的感覺，似乎對不再有機會跟曉菲鬥嘴有些失落。傅華意識到這一點，不禁暗罵自己有些莫名其妙，是不是自己被人鄙視得還不夠啊？真是賤骨頭。

山路上連個鬼影都沒有，傅華開著車竟然有些迷糊了起來，他知道這樣開車很危險，便搖下了車窗，一股清新的風吹了進來，頓時讓他精神了起來。

傅華百無聊賴的看著前面的路，腦海裏竟然再一次浮現出曉菲的臉龐。

這個女人已經兩次弄得自己不自在了，上一次搞得他在沙龍裏都有些坐不住，這一次更絕，她竟然說出「你可以走了」這樣讓自己無法再說下去的話，讓自己再一次尷尬無比。是不是自己內心裏是希望她對自己的質問做出一些辯解的？起碼那樣讓自己多少也能滿足一下自尊心。

是啊，曉菲這個女人給他造成的心理壓力實在太大，她似乎跟蘇南一樣，舉手投足之間就有一種迫人的氣勢在。他之所以一再挑釁地去質問曉菲，實在是他不甘心受這個壓力。這種壓力激起了他的雄性心態，作爲一個平素很自傲的男人，內心中他竟然有幾分想要征服曉菲的渴望。

想到這裏，傅華忽然感覺自己內心有些邪惡，自己已經是結了婚的男人了，趙婷對自己又那麼好，竟然還不切實際的肖想一個明顯高攀不上的女人，真是不應該。

到家的時候，已經是午夜了，客廳的燈竟然還亮著，電視也開著。傅華看到趙婷坐在沙發上，便問：「怎麼還沒睡啊？」

趙婷卻並沒有回答，傅華走近一看，趙婷已經靠在沙發上睡著了，傅華心中有些愧疚，趙婷肯定是在等自己，實在太睏才睡著了。

傅華關上了電視，輕輕抱起了趙婷，往臥室裏走。

傅華的動作驚醒了趙婷，她茫然的睜開眼睛，看著傅華說：「你回來了？怎麼這麼晚呢，都幾點了？」

趙婷言語中並無責備的意思，只是在關切自己，傅華心中不無感動。傅華輕聲說：「有事多耽擱了一會兒，你呀，累了就早點睡嘛。」

趙婷含糊的嗯了一聲，就被傅華抱著送進了臥室，傅華把趙婷放到了床上，幫她褪去了衣物，趙婷因爲實在太睏，迷迷糊糊的又睡過去了。

傅華去洗了澡，這才上床，趙婷習慣性地偎依到傅華的懷裏。趙婷溫暖而又帶著令人迷醉的氣息，讓傅華身體內一陣陣的發熱，手忍不住順著趙婷玲瓏的曲線遊走著，揉捏著，嘴唇吻上了她頸部和耳後敏感的地帶。

趙婷開始還帶著睏意勉強應付著傅華，慢慢地，她的身體被喚醒了，開始主動的迎合起來。

傅華看著趙婷在自己身下扭動著，陶醉著，腦海裏竟然莫明的浮現出曉菲那張高傲的臉，在柔和的燈光下，曉菲的臉和趙婷潔白美麗的軀體重合到了一起，讓傅華越發亢奮，帶著一種征服者的滿足，奮勇衝刺，不能自制。

趙婷並不知道傅華腦海裏在邪惡的想著別的女人，她的熱情被傅華徹底的激發了出來，在傅華身下不可自持的喘息著，亢奮地和傅華一起達到了快樂的巔峰。

慢慢平靜下來之後，趙婷的臉緊緊偎依著傅華的胸膛，嬌笑著說：「你的心臟跳得好厲害啊，是不是今天看到了哪個大美女，晚上才這麼興奮啊？」

傅華心虛的笑笑，在那興奮的一刻，他腦海裏還真是想著曉菲，想像她那穿著旗袍出凡脫俗的胴體，想像著她被自己壓在身下的情形，這種想像讓他有一種罪惡感，這種罪惡感讓他感受到壓抑在心中的一種隱蔽的快樂，是這種隱蔽的快樂帶給他一種新鮮的刺激，讓他煥發了更大的快感。

原來人的心中都是有著邪惡的因子的，只是有些時候它們隱藏得很深，如果不被觸發，連自己都不知道。

這是每個人內心中不可告人的秘密，傅華自然不能如實的告知趙婷，他笑笑說：「我當然是看到一個大美女了。」

趙婷警惕地看著傅華，說：「真的？」

傅華笑笑說：「當然是真的，而且這大美女現在就躺在我身邊，你要不要打她屁屁啊？」

趙婷伸手扭了傅華胳膊一下，說：「去你的吧，這麼油嘴。」

傅華立刻說：「小婷，今天的感覺真是太好了。要不要再來……」

趙婷打了一個哈欠，打斷了傅華的話，說：「好啦，別纏我了，睏死了。」說完，偎依著傅華，帶著滿足的笑容睡著了。

傅華卻沒了睡意，他腦海裏在回味剛才發生的一切，特別是剛才跟趙婷做那件事的時候，他竟然不可抑制地在想曉菲，這讓他對自己不禁有些厭惡。他向來自律甚嚴，絕對不允許自己有什麼對不起老婆的地方。

幸好只是想想而已，也幸好自己回絕了曉菲以後去她沙龍的邀請，這讓他可以把這種不可告人的欲念扼殺在萌芽狀態中。

海川。

徐正找到了張琳的辦公室，他要跟張琳談一下駐京辦增加人員的問題。

這段時間以來，徐正感覺張琳跟自己配合是十分愉快的，重要的事情，張琳都會事先徵求徐正的意見，在取得跟徐正的一致後，才會正式實施，這讓徐正感受到了被尊重。

同時，在公開場合，張琳對徐正市政府方面的施政方針都是表態大力支持，這讓徐正對張書記有了更多的好感。總的來說，這是一段兩人的蜜月期。

坐定之後，徐正談了自己的來意，說駐京辦現在事務比以前增加了很多，但是人員卻並沒有增加，有點超過負荷，傅華提出了要增加工作人員，並建議增設一名副主任。

張琳聽完，並沒有透露出他早就知道這件事情的意思，而是反問：「老徐，你對這件事情是怎麼看的？」

徐正說：「我認爲傅華同志這個要求應該予以考慮，駐京辦是我們海川在北京的橋頭堡，是展現在全國人民面前的一個門面，現在發揮的作用越來越大，我們是要搞好它。」

張琳認同說：「我很贊同老徐你的意見，而且，我覺得增設一名副主任是很有必要的。不知道老徐你有沒有這種感覺，我們駐京辦缺乏後繼人才。你看這次傅華提出辭職之後，我大致想了一下我們市裏的幹部，除了幾個在重要崗位上不能調動的人之外，竟然想不出一個可以接替的人選。駐京辦現在的副主任林東，根本就是扶不起來的阿斗。」

徐正聽了，心中暗自認爲張琳這次去勸傅華留任，肯定是有些看不慣傅華的某些作爲了。也是，沒有一個領導會願意看下屬的臉色的，想來張琳也不例外。他很高興傅華給張書記留下這樣惡劣的印象，這樣將來等有了能取代傅華的人選的時候，怕是不需要自己提出來，張琳可能就主動讓人取代傅華了，便說：

「對啊，張書記，我跟你一樣，也是發覺到了駐京辦這個問題，可能是我們市裏以前也沒注重對駐京辦的人才問題，這才出現傅華同志一辭職，我們竟然無人能夠接替的尷尬局面。今後，我們是要多注意這方面人才的培養了。」

張琳點了點頭，說：「我們應該選拔幾個可用的人才放到駐京辦去，讓傅華帶帶他們，學習一下在駐京辦的實際工作經驗。誒，老徐，你對這個副主任可有考慮的人選了？」

徐正回答說：「自傅華同志提出這個建議之後，我就開始思考這個問題了，想來想去，我認爲羅雨這個同志不錯，年輕又有能力，多多加以培養的話，來日一定能夠成爲駐京辦挑大梁的骨幹。」

聽徐正提出羅雨這個人選，張琳心中暗自一愣，他沒想到徐正會提羅雨，實際上，張琳還爲徐正可能提出別的人選想了幾條可能否決的理由，他在這個副主任的問題上，決定要幫傅華達成讓羅雨做副主任這個意願。但現在徐正直接提出來，一下子讓這個問題複雜化了。

張琳腦海裏飛快的思考著，爲什麼徐正會提出羅雨這個人選，是不是羅雨是徐正的親信？傅華提出讓羅雨做副主任，會不會搬石頭砸了自己的腳？自己要不要否決這個羅雨呢？否決了會是怎麼樣的結果？認可了又是怎麼樣的結果？

張琳笑笑說：「老徐，你是說駐京辦那個小羅啊？我見過，小夥子確實很不錯。」

張琳想來想去，認爲自己還是應該認可羅雨這個人選，一來，傅華早就提出希望羅雨擔任，他如果否決，肯定會讓傅華對自己心生不滿；二來，他一下子也找不到否決羅雨的理由，如果否決羅雨卻提不出強有力的理由，會讓徐正認爲他是爲否決而否決，對自己心生嫌隙，那自己費盡心機想要跟徐正維持一個和諧融洽的合作關係就會破裂，更不利於海川市工作的開展。

徐正說：「這麼說，張書記也很欣賞這個羅雨同志了？」

張琳笑笑說：「我見過他幾面，印象還不錯，也談不上什麼欣賞。不過老徐你既然提出了這麼個人選，我自然支持了。」

徐正立刻說：「有張書記這麼支持我，市政府這邊的工作好開展多了。」

張琳說：「我們是一起搭班子的，榮辱與共，一定要互相支持的。」

市委書記和市長取得了一致，事情進展就快了，不久海川市編委就正式下文，給駐京辦增加了三個編制，同時也派人來駐京辦對羅雨做了考察，一切似乎都按照傅華的預想在進行著。

考察小組離開後，駐京辦的工作人員都嚷嚷著要羅雨請客，只有林東看羅雨的眼光有些異樣，酸溜溜的很不是個滋味，因爲他知道羅雨本來就是傅華的親信，這一下成了副主任，傅華一定會更加倚重羅雨，日後駐京辦這裏，羅雨的重要性一定會超過自己的。

羅雨一來心裏高興，二來也磨不過眾人的面子，就答應了要請客。隨即跑到傅華的辦公室，邀請傅華一起參加。

傅華看了看羅雨，說：「小羅啊，我也替你高興，不過，你是不是等正式任命下來再請啊？」

羅雨愣了一下，他沒想到傅華會反對，他是個要面子的人，已經答應了別人，這時候再說不請，有些下不來台，便對傅華說：

「傅主任，你太小心了吧？也沒什麼，就是我們駐京辦幾個同事們聚會，熱鬧一下而已，一起去吧。」

傅華語重心長地說：「小羅啊，不是我太小心，你想過沒有，現在只是考察階段，結果還沒有出來，離正式任命還有些日子呢。可能本來沒什麼事，你這麼大張旗鼓的一慶祝，會刺激某些有心人的，說不定會出什麼問題呢。再說，考察結果可能好也可能壞，你這樣就像已經當上副主任一樣的慶祝，考察結果好還行，如果一旦失敗呢？你以後在同事面前要怎麼面對啊？」

羅雨被說得不好意思了，摸了摸腦袋說：「傅主任，我被這個好消息沖昏了頭啦，還真沒想這麼多。」

傅華笑笑說：「等你坐上這個位置之後，怎麼慶祝我都不管，但目前你要謹言慎行，把喜悅的心情先收起來，不能給我出一點紕漏，務必等一切都定案了再說。」

羅雨點點頭，說：「是，傅主任。」

羅雨灰溜溜地從傅華辦公室出來，沉著臉跟那些還在等著他請客的同事們說：「不好意思，我被傅主任訓了一頓，以後吧，等任命正式公佈下來，那時候我再請大家吃頓好的。」

眾人便悻悻地散了。

晚上下班，羅雨拉著高月離開了海川大廈，找了一家高檔的餐館，羅雨將菜單遞給高月，說：「多點些菜，別人不能請，我們倆偷著慶祝一下。」

高月勸說：「羅雨，不用興奮成這樣吧？我覺得傅主任說得很對，事情還沒定案，還不到可以慶祝的時候吧？」

羅雨卻說：「我心裏高興，這些天我都惦記著這件事情，現在總算看到曙光了，你就讓我慶祝一下吧。」

高月搖了搖頭，說：「看你這點度量，一點小事就寢食不安的，這點你要跟傅主任學習，人家遇到比你大得多的事情也還是鎮靜自若。」

羅雨有些不高興了，他很反感高月老拿傅華跟自己比，便說：「行了，不要動不動就拿傅主任來說事，他是他，我是我，不要比來比去的。」

高月看了看羅雨，說：「怎麼了，你生氣了？」

羅雨不好明說自己反感什麼，就笑笑說：「好啦，今晚是我們倆的慶祝，不要提別人好不好？」

高月只好說：「好啦，怕了你了。我點菜了。」說著便拿起菜單，點了兩個菜，就把菜單放下來了。

羅雨愣了一下，說：「誒，我們是來慶祝的，你就點兩個菜？」

高月笑說：「我看這裡的菜量很足，兩個菜夠我們吃的啦，別吃不了浪費了。」

羅雨不滿地說：「兩個菜怎麼算是慶祝？不行，你再點。」

高月無奈的說：「好啦，我再點就是了。」說完，再次拿起菜單，又點了兩個菜，再次將菜單放了下來。

「月啊，你能不能大氣一點啊？四個菜意頭也不好啊，再點兩個，湊個六六大順。」羅雨仍然有意見。

高月說：「行了，什麼六六大順，那樣太多了。」

羅雨不高興地說：「好啦，你不點我點。」說著，將菜單拿過去，又讓服務生加了兩個菜，然後讓服務生開了一瓶乾紅。

羅雨先給高月斟上了一杯酒，笑著說：「月啊，你舅舅還真行，不知道他托了什麼人了，事情辦得這麼順利。」

高月說：「我也不知道，我只是把事情跟我舅舅大致說了一下，他說這是件好事，後面的事交給他辦就行了。」

羅雨給自己也斟滿了酒，然後說：「哦，是這樣啊。看來以後有機會要多跟舅舅聊聊了。」

高月笑說：「什麼啊，叫得這麼親熱，他還沒有正式成為你舅舅呢。」

羅雨笑著說：「我們倆還分彼此嗎？」

高月害羞地說：「去你的吧，誰跟你不分彼此啊。」

羅雨說：「誰跟我不分彼此誰知道。」

高月說：「好啦，不說這些瘋話了，誒，你要跟我舅舅聊什麼，還想往上爬啊？」

羅雨笑說：「看你說的，在這世界上能多認識幾個人不好嗎？」

高月忍不住說：「你呀，就是沒有滿足的時候，這一點你就要多跟傅主任學了，你看人家根本就不在乎這些東西，駐京辦主任怎麼樣，人家還不是說辭職就辭職了？」

羅雨聽高月再次拿傅華跟自己比較，本來正要舉杯跟高月碰杯慶祝，此時再也克制不住，砰地一聲把杯子放到了桌上，嚷道：

「又是傅主任，你能不能不提他？你是不是很喜歡他啊？」

高月愣住了，她看著羅雨，不高興地問道：「你怎麼了？爲什麼不能提傅主任，你可別忘了，你有可能當上這個副主任，可都是人家幫你的。」

羅雨說：「我沒有忘記傅主任對我的提攜之恩，可是我不喜歡你提起他的那種興奮勁，你讓我這個做男朋友的怎麼想啊？你可別忘了，當初你們鬧得那麼不亦樂乎。」

高月一下子臉紅了，羅雨的話讓她想起了自己剛到駐京辦時跟傅華鬧的那場誤會，那一次她喝得大醉，衣衫不整，傅華照顧自己，給趙婷造成了很大的誤解，這件事情雖然最後解釋過去了，可事情也宣揚了出去，讓高月好長時間在駐京辦都有些抬不起頭來。

高月怕羅雨在這件事情上對自己有所誤會，便有些心虛，趕忙說：「羅雨，我跟傅主任之間是清白的，你別亂想啊。」

羅雨也覺得自己的話說得重了一些，他雖然心中有些在意這件事情，一男一女待在一間屋子裏，高月又醉得一塌糊塗，誰知道傅華有沒有趁機做些什麼，可是他也明白現在不是深究下去的時候，便說：

「那件事情我是相信你們，不過你在我面前老是提他，讓我心裏很彆扭。」

高月陪笑著說：「行了，行了，我不提他就是了。來，預祝你考察順利通過。」說著，端起酒杯，伸到羅雨面前跟他碰杯。

羅雨臉上這才有了笑容，跟高月碰了下杯子，說：「但願一切順利。」

第七章

有力後臺

徐正這麼說，實際是在向羅雨表示引他為自己人的意思，
羅雨心中更加激動，這是一個強有力的後臺，
他當然願意依靠，便趕忙說：
「謝謝徐市長的信任，日後我會主動向市長彙報這裏發生的一切事情的。」

兩人都將杯中酒乾了。

再下來高月說話便小心了很多，再也不提傅華了。不過氣氛因爲這麼一鬧，就有些沉悶起來，羅雨雖然想盡量表現出喜悅的心情，可是高月的情緒總是不高，菜也沒怎麼吃。羅雨點的六個菜都只動了一點，大多都剩了下來。

羅雨也感覺到了高月的不愉快，就在回去的路上，陪著笑臉對高月說：「月，我今天可能是太興奮了，有些話說得很不應該，你別生我的氣啊。」

高月乾笑了一下，說：「沒事啦，上面都來考察你了，你應該高興嘛，我沒生氣啦。」

高月雖然說沒生氣，臉上的笑容可是很僵，羅雨便說：

「如果沒有你和傅主任，根本就沒有這次考察，這個我是很感激的。月，你要原諒一個有野心的男人在這種情形之下的得意忘形，我在辦公室主任這個位置上待了很長一段時間，好不容易才有了這個機會。」

高月笑笑說：「好啦，我真的沒事。」

羅雨看著高月，說：「真的沒事？」

高月說：「真的沒事了。」

羅雨伸出手去攬高月的肩膀，高月看看就要到海川大廈了，便推開了羅雨的手，說：「你這段時間是考察時期，動作還是檢點一點吧，別讓人說三道四。」

羅雨不高興了，說：「怕什麼呢，你是我女朋友嘛。」

高月說：「還是小心一點好。」

羅雨問：「那一會兒你還到我宿舍來嗎？」

「不去了，被人看到了不好。」高月說。

羅雨臉沉了下來，他原本還想今晚跟高月好好幽會一下呢，現在被回絕了，原本的好心情頓時蕩然無存，便說：

「幹什麼呀，又怕這又怕那的，不就是在考察期嗎？有必要這麼小心嗎？」

高月勸說：「你也不是不知道，這個時候是最容易被人盯上的時候，小心一些總無大錯。」

羅雨有些氣惱的說：「隨便你了。」說完，也不理會高月，自己進了海川大廈。

被落在後面的高月心裏很不是滋味，這個羅雨是怎麼了？難道被提拔成副主任就能把他變成這個樣子嗎？

這個男人原來還有不爲人瞭解的一面，以前高月聽說某些人在功名利祿面前會有很大的變化，那時候她還覺得，功名利祿應該不至於對人的誘惑這麼大吧，現在看到羅雨的樣子，才發現原來權力對人的腐蝕竟是這麼厲害。

高月滿心沮喪的回到宿舍，也懶得梳洗，直接躺倒在床上。

過了一會兒，手機響了起來，看看是羅雨的電話，她有心不接，可是電話響個不停，只好抓起來接通了。

羅雨語帶歉意地說：「月，不好意思啊，我今天真是撞邪了，我剛才想了一下，你說的那些都是爲我好，我還跟你發脾氣，真是混賬，對不起啊。」

高月淡淡地說：「我沒事。」

羅雨說：「聽你的聲音就不像沒事的樣子，別生我的氣了，要不，你狠狠的罵我幾句吧。」

高月說：「我真的沒事了。」

「我剛才認真地想了一想，發現我這個人真是膚淺，一點小小的成績就沖昏了頭腦，不知道自己是誰了，還真需要你在旁邊給我提醒一下，謝謝你了。」羅雨又說。

高月想起了兩人之間的柔情蜜意，心軟了下來，便說：「你才知道啊。」

羅雨趕忙說：「是才知道，晚了嗎？」

高月笑了，說：「晚了。」

羅雨討好地說：「那如果我找幾根藤條背著，找你負荊請罪，能行嗎？」

高月笑笑說：「我才不管你負荊請罪不負荊請罪的。」

羅雨笑說：「那罰我一生一世都聽高月的話，但有違背，就天打雷劈總可以了吧？」

高月呵呵笑了起來，說：「這還差不多。」

又過了半個多月，海川市委常委會上討論了一些幹部的任命問題，其中就包括羅雨。由於羅雨有市委書記和市長的共同支持，任命得以順利通過。

常委會結束以後，徐正讓劉超找到了羅雨的電話，親自給羅雨打了電話。

羅雨接通後，徐正說：「你好，小羅，我徐正啊。」

羅雨沒想到徐正會親自打電話來，愣了一下，趕忙說：「您好，徐市長，請問您找我有什麼指示嗎？」

徐正笑笑說：「小羅，你別緊張，是這樣，剛剛常委會上通過了對你的任命，不久你就是駐京辦的副主任了，我把這個消息告訴你，讓你高興高興。」

羅雨有些激動的說：「謝謝您了徐市長，我一定好好工作，不辜負上面的信任。」

徐正說：「這一次是我向上面推薦你接任這個副主任的，我覺得你這個年輕人很不錯，很有前途，我也希望你認真的幹好工作，多做出一點成績來，可不要讓我丟臉啊。」

羅雨立刻拍拍胸脯說：「請徐市長放心，我一定努力，不會辜負您對我的一番期望。」

徐正又說：「駐京辦的工作很重要，我希望你當上這個副主任之後，要負起責任來，協助傅華同志把駐京辦管起來。」

羅雨說：「我會協助好傅主任的。」

徐正說：「我對你們駐京辦一直是很關注的，以後有什麼困難，可以直接打這個電話找我彙報，你明白嗎？」

徐正這麼說，實際是在向羅雨表示引他為自己人的意思，羅雨心中更加激動，這是一個強有力的後臺，他當然願意依靠，便趕忙說：「謝謝徐市長的信任，日後我會主動向市長彙報這裏發生的一切事情的。」

「那你好好幹吧，有了成績我會看到的。」徐正說完就掛了電話。

羅雨拿著電話，心裏久久不能平靜，這對他來說，實在是形勢一片大好，不但順利的當上了副主任，還搭上了徐正這條線，有了強有力的後臺，今後的發展就不用擔心了。

羅雨不是不明白徐正為什麼對自己示好，徐正跟傅華之間的紛爭，他知道的十分清楚，一個堂堂的市長，本來想擺弄傅華的，結果反被傅華將了一軍，又不得不轉過頭來留住傅華，徐正心中的不滿可想而知。徐正倚重自己，正是想借助自己來對抗傅華，說不定有希望培養自己來達到擔走傅華的目的。

鷸蚌相爭，正是自己這個漁翁得利的機會來了，天與不取，必受其咎，羅雨期望能借著這個機會，將來有一天可以取代傅華，成爲駐京辦的主任。

雖然這個位置是傅華出了很大的力幫他取得的，可是在得到了這個位置之後，新的目標就應該是傅華的主任位置，羅雨覺得自己這麼想並沒什麼不應該，反正傅華似乎也不在乎駐京辦主任這個位置，自己這麼做，也許只是幫他的忙罷了。

常委會開完之後，市委書記張琳也給傅華來了個電話，跟傅華講了羅雨任命通過的情況。

傅華心中很是感激，他印證了一點，起碼在這段時間，張琳是支持他的。便說：「謝謝張書記對我們駐京辦的支持。」

張琳笑說：「你先別急著高興，雖然是通過了，可是你知道是誰先提名羅雨的嗎？」

傅華愣了一下，張琳這麼說，就肯定不是他先提名羅雨的，便說：「難道是徐市長？」

「你猜對了，正是徐正同志提名由羅雨擔任這一職務的。行了，我把這個情況跟你說一聲，是讓你有個心理準備。」張書記說完就掛了電話。

傅華聽出張琳對自己有提醒之意，不過他心中有些不以爲然，徐正提名羅雨，只能說明羅雨通過某種關係跟徐正搭上了線，並不代表羅雨就是徐正陣營的人。

傅華不相信羅雨會跟徐正勾結到一起去，他當初之所以提前告知羅雨要增設副主任，也是想羅雨自己找關係活動一下，現在羅雨確實找了關係活動了，這也是好事，起碼確保事態按照他的預想進行著。

傅華想叫羅雨進來，把這個好消息通知他，想了想又放棄了，還是等正式公布任命再說吧。

正在這時，有人敲門，羅雨走了進來，說：

「傅主任，有個情況跟您說一下，剛才順達酒店打電話來，說底下的海川風味餐館門口的物品擺放得太雜亂，讓我們管一管。」

傅華看了一眼羅雨，他注意到羅雨雖然盡力裝作平靜，可是眉宇之間卻透露出一種壓抑不住的喜悅來，他很懷疑已經有人通知羅雨副主任任命通過了的消息。

傅華說：「既然順達酒店要我們管一管，你就下去看看究竟是怎麼個情況，如果餐館那邊不像樣，你就讓他們收拾收拾。」

羅雨答應道：「行，我下去看看。」

羅雨轉身就往外走，傅華喊住了他，問道：

「小羅啊，我看你滿臉喜氣的，是不是有什麼好事啊？」

羅雨愣了一下，旋即努力克制住自己的喜悅，儘量用平淡的語氣說：

「沒有什麼好事啊，傅主任你指什麼？」

羅雨的表情變化並沒有逃過傅華的眼睛，他心裏彆扭了一下，越發確信羅雨已經知道常委會通過他的任命了，這傢伙知道了還故意不想讓自己知道，明顯心中跟自己有了隔閡。

不過，傅華也有些諒解羅雨的處境，也許羅雨是怕自己多心，所以不想讓自己知道是徐正推薦他出任這個職務的吧？便笑了笑，說：「沒什麼，你去吧。」

羅雨出去了，留下傅華自己在辦公室若有所思。

東海省委，省委書記、省長郭奎坐在辦公室裏也是若有所思，他在思考海川市副書記的人選問題。

海川市副書記這個位置空出來有一段時間了，他一直沒有找到合適的人選，在剛才結束的書記會上，省委副書記陶文提議說海川市副市長秦屯這個同志不錯，能力和資歷也行，是一個合適的人選。郭奎當時沒表態，只是說要先考慮一下。

郭奎對秦屯這個人的印象並不佳，這個人並沒有什麼出眾的能力，在私生活上還出過問題。雖然現在並不是像以前那樣，私生活出問題的幹部就不能再重用，可這總是一個瑕疵。

不過，讓郭奎猶豫的倒不是因爲秦屯本人，而是提出秦屯這一人選的省委副書記陶文，是陶文讓他有些顧慮重重。

陶文是一個老資格的幹部，在東海省經營多年，有著雄厚的基礎。在程遠時期，陶文跟程遠關係很好，兩人搭檔多年，相處融洽，只是因爲陶文是從基層幹起來的，學歷很低，年紀又有些偏大，才被排除在省委書記競爭的陣營之外。可是他在東海省做副書記多年，門生故舊遍佈東海省，是一個很有影響力的人物。

郭奎新接任省委書記，不敢貿然就去否決陶文的這一個提議，那樣等於一上來就開罪了這位東海省的元老。

郭奎明白，雖然這個社會已經進步到不需要再刀耕火種了，可是政治場上卻從來沒有改變要遵循弱肉強食的這一基本法則。

政治不同於商業，商業經過這麼多年的發展，已經形成了一套契約制度，彼此來往可以見諸書面文字。政治則不同，很多東西是無法上得了臺面的，也無法訂立契約，如果訂立了契約，很容易被人認爲是政治上的分贓。而政治資源有限，只有強者才能夠獲得更多。如果自己的實力不夠強大，就必須要跟人結盟，讓自己成爲最強大的一方。

郭奎很清楚自己目前的實力，他還需要充實自己在東海省的基礎，妥協、協調就成了一種必然。

再說，這個秦屯也不是一個絕對不能接受的人選，除了出了點私人作風問題之外，他並沒有暴露出其他什麼問題，這一次孫永出事也沒牽連到他，是個安全牌，而且他的資歷也夠了。最終，郭奎決定接受秦屯這個人選。

羅雨的任命正式公佈了，傅華把他叫到了辦公室，首先向他表示了祝賀，羅雨激動地對傅華說：「謝謝你了，傅主任，沒有你的栽培，我羅雨是沒有這一天的。」

傅華笑笑說：「不要這麼說，這是上面對你的信任，好好幹吧。」

羅雨說：「我一定好好幹的。」

傅華就把林東也叫了來，林東很不情願的向羅雨表示了祝賀，傅華就提出說要給羅雨一間單獨的辦公室，叫林東來就是要商量這件事。

林東說：「辦公室倒是有現成的，只要打掃一下，再做個名牌就好了。」

傅華就讓林東去安排，羅雨便跟著林東一起出去忙去了。

一會兒有人敲門，蘇南和曉菲一前一後走了進來。

傅華很意外，笑著說：「蘇董，曉菲，你們怎麼來了？」

蘇南笑說：「我看外面你們在打掃，是不是我們來的不是時候啊？」

傅華說：「哪裡，我們這兒剛多了一名副主任，在給他佈置辦公室呢。快請坐。」

曉菲面帶微笑說：「我來傅主任歡迎嗎？」

傅華突然想到那晚自己對曉菲的遐想，臉紅了一下，隨即笑了笑，說：「當然歡迎，你能來，我這裏蓬蓽生輝，怎麼會不歡迎呢？」

曉菲不太相信地說：「真的嗎？」

「當然了。」傅華說。

蘇南和曉菲被傅華讓到了沙發上坐下，傅華給他們倒上茶，然後問：「蘇董，什麼時候回北京的？」

「昨天回來的。」蘇南說。

「你這次離京的時間不短啊。」傅華問。

蘇南笑笑說：「商人嘛，有些時候不得不為了利益奔走。」

傅華又問：「你和曉菲怎麼會一起來我這兒了？」

蘇南說：「昨晚在曉菲的沙龍談起了你，曉菲說想過來看看你這裡，正好我也找你有事，所以今天就帶她來了。」

傅華詫異的看了看曉菲，說：「我這個小地方還會引起你的興趣？」

曉菲笑了，說：「我請你去我沙龍那裏你又不去，我想，到你的地盤上你總會自在一點吧，就過來看看你了。這裏的環境不錯嘛。」

傅華笑說：「一般了，想來離蘇董的辦公室差得還遠。」

蘇南說：「你這裏不能跟我的比，我是商人，要靠門面上的功夫去讓人們產生信任。你這裏已經很不錯了。」

傅華笑笑說：「能讓蘇董說不錯，那我也可以自豪了。你說找我有事，什麼事啊？」

蘇南說：「我是想瞭解一下你們新機場項目的進展。我聽說土地預審已經過了。」

「哦，環評也過了，就等發改委正式批准立項了。蘇董如果想要爭取，可以正式開始運作了。」傅華說。

蘇南點了點頭，說：「是應該著手去做了。我想去一趟東海省和海川市，你要不要陪我跑一跑？」

傅華說：「我倒是很想陪你走這一趟，可是你也知道，我們市長對我很有意見，我去了，說不定會讓你得到反效果。反正我已經介紹你們認識了，剩下的部分，蘇董要自己想辦法了。」

蘇南便說：「既然這樣，你不去也好，我在東海省還能找到些關係，運作一下不成問題。」

「這麼大的工程，我想海川市一定會走招標程序的，這裏面運作的可能性不大吧？」傅華笑說。

蘇南說：「你說錯了，越是表面上看上去沒有餘地的，被人鑽空子的機會越是大。其實如果真正能公平的招標，我們振東集團是不怕的，我們在行內也是鼎鼎有名的公司，不怕跟別人競爭。就是輸了，我們也心服口服。」

傅華笑笑說：「我雖然幫不上什麼忙，可是還是預祝蘇董成功。」

曉菲聽兩人談論商業上的事務，有些悶，便站起來走到書櫃那裏，看著傅華的藏書。

看到傅華收藏的那套《綱鑒易知錄》，便打開書櫃拿了出來，對傅華說：「想不到你讀書還挺老派的，這套書我爺爺也有，到現在他還是不時拿出來看呢。」

傅華說：「這套《綱鑒易知錄》算是古代的政治教材吧，它告訴人們政治上哪些應該做，哪些不應該做，對現在人很有借鑒意義。」

曉菲聽了，問說：「那你是跟著學的了？」

傅華笑說：「我喜歡古文，感覺古文很優美，也喜歡線裝書的裝幀，因此不時翻翻，也是我個人的一種愛好。」

曉菲說：「你這是不承認跟著學嗎？」

傅華笑了，說：「承認，這裏面雖然是以三綱五常等封建制度作爲評判事務的標準，有其不合時宜的一面，可是它有一種原則在，限制著人們不要隨意胡作非爲。這一點我覺得對今人是很有借鑒作用的。」

傅華說這話是有感而發的，他從最近瞭解到孫永的案情中知道一個情況，那就是孫永雖然收了王妍的錢，卻絲毫沒幫王妍什麼，還不肯把錢退還給王妍。這件事情讓他感到孫永做事已經絲毫沒有原則，就連古代盜亦有道這種原則都做不到。幸好孫永被舉報查辦了，否則任由這種沒有原則的官員肆意妄爲，那還得了。

曉菲聽了，說：「難怪，你已經夠古板了，卻還在學這些更古板的東西。」

傅華笑了笑，說：「人還是應該有點原則的好。」

這時，門被敲響了，羅雨推門進來，對傅華說：

「傅主任，我看你這邊來客人啦，我來給他們倒水吧？」

傅華笑笑說：「不用了小羅，來了兩個朋友，水我都倒好了，你去整理自己的辦公室去吧。」

羅雨打量了一下蘇南和曉菲，這才說：「好，我去了，有什麼需要叫我。」

傅華說：「你去吧。」

羅雨就離開了。

蘇南問道：「這位誰啊？」

傅華說：「就是我剛才說的剛提拔起來的副主任，叫羅雨，人不錯的。」

蘇南說：「我不太喜歡他看我們的眼神，覺得有些窺探的意味，似乎很關心我們是什麼身分。」

傅華笑笑，說：「你們是我的朋友，他多看幾眼，下次你們來就認識了不是？對了，這個人倒是很適合去曉菲的沙龍做客的。」

曉菲搖了搖頭：「我也不太喜歡這個人，他看我的眼光帶有審視的意味，傅華，你這麼說，是他有什麼特別嗎？」

傅華介紹說：「是這樣，他以前曾是詩人，做過不少詩，不正適合到你的沙龍裏風花雪月吟詠一番嗎？」

曉菲說：「你就酸我吧，我那兒是給各方交流最新觀點的地方，我當初建立這個沙龍，是想瞭解社會最前沿的風向的，可不是無病呻吟。」

傅華笑了，說：「你怎麼說人家無病呻吟啊？」

曉菲說：「我那裏邀請過幾次著名詩人來，聽他們現場吟誦過自己的詩句，不是你說的風花雪月，情啊愛的，就是歇斯底里的詆毀這個社會，真正能夠理智的剖析這個社會的幾乎沒有。現在的詩歌日漸平庸，詩人們的不滿，不是因爲他們已經寫不出好的作品來，而是詩歌再也無法吸引大眾的注意，成了一個小眾的東西，詩人們也無法再有明星般的光環，無法吸引美麗的文藝女青年投懷送抱了。」

傅華笑說：「想不到你對詩人的印象這麼差。」

曉菲說：「確實是，再也聽不到像北島那樣的聲音，『卑鄙是卑鄙者的通行證，高尚是高尚者的墓誌銘，看吧，在那鍍金的天空中，飄滿了死者彎曲的倒影……那是五千年的象形文字，那是未來人們凝視的眼睛。』這才叫詩人，知道嗎？」

蘇南驚異說：「曉菲，想不到你這麼熟悉北島。」

曉菲笑笑說：「我是念給我們的傅大主任聽一聽，不要以爲就他一個人能夠看透世情，敢於針砭時弊，我們這些人對這個世界也是有自己的判斷的。」

傅華臉紅了，不好意思說：「沒想到曉菲你是特意跑來批評我的。」

曉菲笑笑說：「怎麼了，不行啊？」

在曉菲面前，傅華總有氣勢上輸了一籌的感覺，他笑笑說：「好啦，我誠心接受批評。」

蘇南也說：「曉菲跟我說了上次的事情，傅華啊，我覺得你上次做的有點不對。我們請你進這個圈子，是真心拿你當朋友看的。寧則那天晚上也是客人，他對你的看法，又怎麼能代表主人對你的看法呢？我覺得你遷怒於曉菲有點不公平啊。」

傅華愈顯理虧，便說：「好啦，蘇董，我接受批評，爲了表示誠意，我邀請兩位在我們海川風味餐館做客，不過，這個檔次可不是太高，怕倆位有所嫌棄。」

曉菲對蘇南說：「南哥，你看他又來這一套了，朋友有什麼嫌棄不嫌棄的，跟你說傅華，這一頓飯不請我們吃還不行了。」

中午，傅華便領著蘇南和曉菲來到了海川風味餐館，讓服務生開了一個雅間。坐定之後，傅華拿起菜單，說：「今天這菜得我點，兩位吃得慣海鮮吧？」

蘇南和曉菲都說還可以，傅華就開始點菜，他點了一個清蒸花蟹，一個清蒸爬蝦，一個清蒸偏口魚，一個韭菜炒海腸，一個苦螺，一個蛎子蝦蒸蛋。

曉菲開玩笑說：「我聽你清蒸這個，清蒸那個的，你們這廚師倒是很好做啊。」

傅華聽了，笑說：「這裏的東西都很新鮮，是從海川的海邊直接運過來的，不清蒸了吃太可惜。曉菲你不知道，我們海川的東西特別鮮，以前它們運到北京來還鬧過笑話呢。」

曉菲好奇說：「什麼笑話啊？」

傅華說：「東西送進了大飯店，大廚煎炒烹炸一番的折騰，弄出來卻特別不好吃，就說我們的海鮮不行，送的人氣不過，什麼都沒加工，直接在客人面前倒進鍋裏蒸熟，再讓客人吃，把客人吃得讚不絕口。一會兒你和蘇董可要好好嘗一嘗，真的很鮮，這個在北京可是別無分號的。」

曉菲笑笑說：「你就吹牛吧。」

由於是吃海鮮，就點了白酒。

一會兒，清蒸花蟹和爬蝦就上了桌，傅華說：「我們這裏不是什麼高檔場所，沒什麼專門吃蟹的工具，直接上手吧。兩位還能接受吧？」

蘇南笑說：「你以爲我們每天都是錦衣玉食啊？」說著，便伸手拿起了一個螃蟹，揭開蓋子，吃起蟹黃來。

曉菲也沒客氣，抓了一隻就吃起來。吃了幾口，曉菲驚訝地說：「傅華，你一點沒誇張，真的很好吃啊。」

傅華自豪地說：「我騙你幹什麼，這才是真正道地的海鮮。實話說，這些比起南方的海鮮要強上百倍，南方的海鮮是沒滋味的。」

兩人又品嘗了爬蝦，也是讓曉菲讚不絕口，特別是母爬蝦中那一條紫色的蝦膏，更讓她覺得是不可多得的美味。

曉菲邊吃邊稱讚說：「我還真沒想到海川的東西會這麼好吃，傅華，是不是你什麼時間邀請我們去一趟海川呢？」

傅華笑說：「蘇董這一次不是要去嗎？你就跟他一起嘛。」

曉菲說：「我可不跟他去，他不是海川本地人，肯定不知道海川的道地風味在哪裡；再說，他是去辦事，我可不想被他擱在賓館裏沒人管。」

傅華笑了，說：「那等日後有機會吧。」

這時，羅雨推門進來，說：「傅主任，餐館說你在這裏，我進來敬一杯酒吧。」

傅華愣了一下，他很討厭這種吃到半酣有人突然闖進來的狀況，再說，蘇南和曉菲是他的朋友，與駐京辦的業務無關，這羅雨怎麼突然這麼熱心起來。

傅華雖然心裏不高興，可表面並沒有顯露出來，他不想在羅雨剛被提拔的時候說他，便說：「行啊，來了就坐下吧。」

羅雨坐下，便張羅著給蘇南和曉菲、傅華填滿了酒，然後看著傅華，說：「傅主任，你還沒幫我介紹一下呢。」

傅華便說：「這位是振東集團的蘇南蘇董，這位是曉菲小姐。這位是我們駐京辦的副主任羅雨。」

蘇南和曉菲跟羅雨點了點頭，示意了一下，羅雨端起酒杯，說：「歡迎兩位到我們駐京辦來做客，來，我敬兩位一杯，先乾爲敬。」

說完，沒等蘇南和曉菲有所表示，便一口將杯中酒乾掉了，然後晾著杯底，等著蘇南和曉菲。

蘇南便也端起酒杯，抿了一口，然後說：「不好意思，羅副主任，我不能喝急酒，心領了。」

曉菲也抿了一口，說：「羅副主任，我是一個女人，你不會跟我計較吧？」

兩人都沒有喝光，讓羅雨有點下不來台，他看著蘇南，笑笑說：「蘇董，你看我們初次見面，你就給一點面子吧。」

蘇南不爲所動，說：「抱歉了，我真的不能喝急酒。」

羅雨又去看看曉菲，說：「曉菲小姐，這是白葡萄酒，酒精成分很低的，乾了應該沒問題吧？」

曉菲搖了搖頭，說：「不行，一下子乾掉我會出洋相的。」

羅雨有點尷尬的拿著酒杯，放下也不是，倒酒也不是。傅華只好打圓場說：「好了，小羅，我這兩位朋友都不喜歡鬧酒，你心意盡到了就好了。」

羅雨這才有了臺階下，趕忙說：「那好，你們喝，我出去了。」

傅華說：「既然來了，就一起吃吧？」

羅雨說：「不了，高月還在外面呢。」

羅雨出去後，曉菲看著傅華，說：「你這個下屬真是的，又沒有邀請他，他突然來算什麼？再說，他懂不懂喝酒啊？這是白乾，是要慢慢品的，又不是像啤酒，可以一口猛倒。」

傅華心中也暗自奇怪，以前羅雨不是這麼討人嫌，一般不邀請他，他是不會主動過來的，是不是提拔成副主任，感覺身分不一樣了？

傅華只好說：「你們別介意，他就是熱情了一點而已。」

正好，韭菜炒海腸上來了，傅華趁機錯開話題，說：「來，嚐嚐這個菜，大家都知道東海菜是我國著名的菜系之一，可是你們知道東海廚子爲什麼做菜那麼好吃嗎？」

曉菲說：「訣竅不就是清蒸嗎？」

傅華笑笑說：「那是說我們海川的海鮮好，不是說我們的廚子做菜的訣竅，其實東海廚子做菜好吃的訣竅，就在於這道海腸菜上。」

曉菲夾了一口，說道：「這盤韭菜炒海腸味道就是鮮美了一點而已，看不出什麼特別的。」

傅華解說著：「就是因爲它的鮮美，所以以前在沒有味精的時候，東海廚子都是把海腸曬乾磨成粉，然後在做菜的時候偷偷撒一點進去，這可是他們的不傳之秘啊。」

蘇南聽了，說：「這頓飯吃得值了，跟傅華學到了不少。」

傅華笑說：「其實我這裏沒什麼特別上檔次的菜，只好多說點趣聞湊數了。」

「其實這裏的菜很不錯，不用跟我們這麼客氣了。」曉菲笑笑說。

傅華說：「曉菲這麼說，我就放心了，說明起碼我這餐館辦得還算成功。」

曉菲和蘇南吃完飯就離開了。

第八章

冰山一角

傅華暗自嘆了口氣，羅雨跟自己相處已經有一段時間，
自己一向以為很瞭解他，可是直到今天他才明白，
自己對羅雨的瞭解僅限於羅雨想要表現給自己看的一面，
他真實的一面剛剛才露出了冰山一角。

晚上，羅雨在海川風味餐館邀請了駐京辦全體人員一起慶祝他當上了副主任。席間，羅雨顯得特別的興奮，誰敬的酒都喝，來者不拒，又到處敬人，不覺就有些喝多了。

傅華看羅雨喝得眼睛都紅了，知道他喝得差不多了，便說道：「小羅啊，我看今天也差不多了，你收收尾結束吧，大家明天都還要上班呢。」

羅雨卻正在興頭上，便說：「那怎麼行，今天我很高興，來，傅主任，我們再單獨喝一杯。」

傅華看羅雨真是喝多了，便不想再跟他喝了，笑笑說：「小羅，你忘記了嗎？我們單獨喝了好幾杯了。」

羅雨大著舌頭說：「那還不夠，還不足以表達我對你的感激之情，沒有你傅主任，也就沒有我這個副主任。我是真心感激你的。」

傅華聽羅雨說話都有些含糊不清了，便說道：

「小羅，你真是喝多了，你能得到提拔，是上面對你工作能力的肯定，不是我的功勞。酒已經喝得差不多了，今天就這樣吧。」

羅雨卻指著傅華說：「你看不起我，是吧？」

傅華有點膩煩，他很討厭這種醉漢說的話，羅雨顯然已經失去了自我控制，想到什麼就說什麼，不過，他還是克制住了脾氣，笑笑說：「小羅，你真的喝多了，我什麼時候看不起你了？」

羅雨叫道：「你就是看不起我，今天你那兩位朋友也看不起我，我敬他們酒，他們根本就不想喝，你也不幫著我勸勸他們，讓我差一點下不來台。」

傅華沒想到羅雨在這個時候提起了中午的事，心裏十分彆扭，不過他知道羅雨是喝多了，他也不好過於跟一個醉漢計較，便解釋說：

「小羅，我不是跟你說了嗎？我那兩個朋友不能鬧酒嘛。好啦，你今天喝得實在太多了，聽我的，回去睡覺吧。」

羅雨仍然叫道：「不行，我沒喝多，我心裏清楚著呢，他們就是看不起我。」

傅華有些無奈，他知道跟這個醉漢是纏夾不清的，便看了看高月，說：「小高，羅雨喝多了，你把他勸回去吧。時間也不早了，我要先走了。」

高月說：「好，這裏交給我了，你走吧傅主任。」

傅華站起來就往外走，羅雨看傅華要走，站起來一把拉住了他，說：「你不能走，傅主任，跟我喝了這杯酒再走。」

傅華心中有點惱火，不過還是壓住了火氣，畢竟這是羅雨升職的慶祝會，他不想讓他下不來台，便說：「小羅，你已經喝多了，趕緊給我回去睡覺。」

傅華的語氣已經有些嚴肅了，羅雨卻還抓住傅華不肯鬆手，高月這時就過去拉羅雨，說：「羅雨，時間不早了，傅主任急著回去，你快鬆手。」

羅雨根本就不聽高月的，一把推開高月，說：「不要你管，我要跟傅主任喝酒，你來瞎摻和什麼。」

高月沒有防備，被推了一個踉蹌。傅華這下再也克制不住了，他一把甩開了羅雨的拉扯，指著羅雨的鼻子叫道：「羅雨，你知不知道你在幹什麼？喝了二兩貓尿就不知道自己是誰了嗎？」

說著，傅華瞅到桌上一瓶打開了的礦泉水，就一把抓過來，將大半瓶礦泉水倒到了羅雨頭上，說：「你給我醒醒吧。」

羅雨被罵愣了，這還是他第一次看到傅華發火，傅華在他眼中向來是一個修養很好的人，即使是在被騙的那一次，他也沒有對下面的人發過火。

滿桌的人也都愣住了，大家都呆坐著看著傅華，傅華將空了的礦泉水瓶扔了，指著羅雨說：「去兩個人把他送回宿舍。」

便有人和高月一起把羅雨架了起來，羅雨此刻也有一點清醒了，不敢再掙扎，聽憑眾人把他架走了。

傅華看了一眼一直坐在旁邊不吱聲的林東，他看得出來林東眼神中滿是幸災樂禍，心裏知道林東覺得是看了笑話，他費盡心機提拔起來的羅雨原來就是這副德行。

傅華便說：「老林，今天就這樣，散了吧。」

林東抱怨說：「這小羅真是的，好好的慶祝叫他弄成這樣子。」

傅華說：「別管他了，走吧。」

傅華因爲喝了酒，就在門口叫了輛計程車往家裏走。計程車剛離開海川大廈，高月就打了電話過來，說：「不好意思啊，傅主任，今天羅雨惹你生氣了。」

傅華笑笑說：「沒事啦，他喝多了嘛。誒，他回去怎麼樣，有沒有再鬧？」

高月說：「沒事啦，他可能自己也覺得沒趣，回去就睡了。我過來再看你們，你們就走了。」

傅華說：「沒想到這小羅喝了酒是這德行，今天這是出多大洋相啊，回頭你說說他，他現在已經是副主任了，上上下下都在看著呢，這麼鬧法，他怎麼建立自己的威信啊，日後不准他再喝這麼多了。」

高月說：「我知道了，我會跟他好好談談的。傅主任，你也別往心裏去，他今天說的都是醉話。」

傅華笑笑說：「我不會跟他計較的，你也早點回去休息吧。」

傅華掛了電話，看著車窗外的夜色，心裏暗自搖了搖頭。雖然他嘴上說不去跟羅雨計較，可是他心中對羅雨今天的表現是很不滿意的。

以前他從來沒注意到羅雨是這樣一個人，酒後無德不說，心眼還有點小，蘇南和曉菲沒喝他的酒，他就記在心裏了，他知道蘇南和曉菲是什麼樣個性的人，婉拒他已經是看在自己的面子上了，不然的話，他們才不會應酬他呢。

這個人在升官前後真是差別很大，自己是不是看錯了他了？傅華心中暗自警惕，他一向很信任羅雨，很多事情都跟羅雨推心置腹，這一次爲了羅雨能當上副主任，他費盡了心機。但現在看來，羅雨似乎並不能做到什麼事情都跟自己推心置腹，起碼在徐正推薦他這件事情上，羅雨就沒跟自己說實話，反而裝作沒事人一樣。

這讓傅華心裏很不舒服，一個你拿他當做真心朋友的人，卻在這麼關鍵的事情上對自己有所隱瞞，這是傅華怎麼都無法諒解的。今天他又在自己面前鬧了這麼一齣，是不是他當上了這個副主任，身後又有徐正的支持，自覺身價不同，所以敢跟自己叫板了？

原本傅華還沒拿徐正推薦羅雨當回事，可現在他不得不重新審視這件事情，他開始覺得事情並不這麼簡單。這期間，是不是徐正跟羅雨達成了某種默契？自己費盡心思的部署，會不會反而被徐正利用，成爲對付自己的利器了呢？

傅華雖不能確信羅雨就一定跟徐正勾結起來，不過，他心中卻對羅雨開始有了提防。

原本傅華還想羅雨上來，他的擔子可以輕一點了，他很想把海川大廈的管理交給羅雨，打算讓羅雨在順達酒店裏面兼個副總經理的職務，將酒店和海川風味餐館的業務都由他分管，自己專心於駐京辦本身的事務，現在羅雨的表現，讓他不得不重新考慮這麼做是不是合適了。

過於倚重羅雨，也許會讓自己陷於一種被動的局面。一來羅雨能不能擔負起這個責任還很難說；二來過於倚重羅雨，一定會激怒林東，林東又不知道會從什麼地方跟自己搗亂了。

想到這裏，傅華暗自嘆了口氣，要想充分認識一個人還真不是件容易的事，像羅雨跟自己相處已經有一段時間，自己一向以爲很瞭解他，可是直到今天他才明白，自己對羅雨的瞭解僅限於羅雨想要表現給自己看的一面，他真實的一面剛剛才露出了冰山一角，這一角的下面，還不知道隱藏了多少不爲人知的東西呢。

第二天一早，傅華到辦公室的時候，羅雨已經等在辦公室的門口了。

羅雨不好意思地摸了摸腦袋，說：「對不起啊，傅主任，昨晚我喝得太多了。」

傅華開了辦公室的門，把羅雨讓了進來，然後關上門，這才轉過身來說：

「小羅啊，你現在不同以前，你也是副主任之一了，你昨天那個樣子，可是真的不像一個副主任該有的形象，也實在不像我原來認識的羅雨了。」

羅雨低下了頭，說：「對不起，傅主任，我昨天真是中了邪了，也不知道都胡說八道了些什麼。」

傅華看了看羅雨，心中暗道：醉人心明，誰知道你是不是借酒發作呢？不過，他並不想就此去質問羅雨，他覺得這個年輕人也許真是一時太過興奮，沒控制住自己，說的話大概也是一時氣憤而已，便說：

「昨天的事情已經過去了，你說過什麼做過什麼都無所謂了。我希望你今後能夠自律一點，不要再喝這麼多酒了。做事說話多經經大腦，要有一個做領導的樣子。」

羅雨說：「我知道，我今後會注意的。」

傅華接著說道：「我不知道你跟高月究竟發展到哪一步了，可是你昨天對她的那個樣子，我很不喜歡，對你的另一半要多尊重，多愛護，而不是那麼粗暴用力的推搡她。」

羅雨低著頭說：「我已經跟高月道過歉了。」

傅華說：「行了，出去好好工作吧。」

羅雨看了看傅華，說：「傅主任，你昨天沒生我的氣吧？」

傅華說：「我生什麼氣啊，我不會跟一個醉漢計較的，沒事啦，出去好好工作吧。」

羅雨出去了，傅華看著他的背影，心裏暗自搖了搖頭。

海川市，副市長秦屯牽掛了多日的副書記任命遲遲沒有消息，他有些坐不住了，便打電話給省委副書記陶文，詢問拜託他推薦接任海川市委副書記的事情。

他那一次跟許先生聯繫之後，就按照徐先生的吩咐，回來四處托人找省級領導幫忙，最後找了省委副書記陶文，經過一番運作，陶文答應幫他這個忙，向省委推薦他接任空出來的海川市市委副書記。

陶文聽完秦屯來電的意思，說：「小秦啊，你也不要著急，事情運作是需要時間的，這個事情我跟郭奎同志在書記會上談過了，我已經向他推薦了你。」

秦屯的心一下子揪了起來，他很關心郭奎對這一推薦的反應，趕忙追問道：「那郭書記是什麼態度啊？」

陶文說：「郭奎同志當時沒表態，只說會認真考慮的。」

秦屯心裏更加懸了起來，認真考慮就有兩種可能，一種是認真考慮了之後，認爲這個同志可堪大任，同意這個人選；另一種就是認真考慮之後，這個同志還是不行。

這可能是一種認可，也可能是一種推辭，反正正反都是可以的，這根本就很含糊，讓秦屯怎麼能放下心來。

秦屯又再問說：「陶副書記，您看能不能再跟郭書記說說，強調一下。」

陶文笑說：「小秦啊，你以爲這是什麼，做生意嗎？可以討價還價？沒辦法了，話只能說到這裏。不過，你可以放心，我想郭奎同志不會把我的推薦不當回事的。」

秦屯不好再說什麼，只好說：「那謝謝陶書記了。」

陶文說：「不用客氣，我要掛電話了，我約的客人快到了。」

秦屯便說：「那您忙吧。」

陶文掛了電話，這時秘書走進來說：「陶書記，振東集團的蘇南董事長已經到了。」

陶文站了起來，說：「快請，快請。」

秘書打開了門，將蘇南請了進來，陶文迎上前去，熱情地著跟蘇南握著手，說：「蘇老弟，歡迎到東海省來啊。」

蘇南笑笑說：「陶副書記，有些日子沒見您，您還是老樣子，根本沒變嘛。」

陶文笑了，說：「變了，怎麼沒變？現在的身體越來越不行了。怎麼樣，你們家老爺子身子骨還硬朗嗎？」

陶文跟蘇南認識，是結緣於蘇老爺子，蘇老爺子還在位的時候，曾經有一次到東海省來視察，陶文是接待人員之一，因此跟蘇老爺子結識。蘇老爺子當時對陶文很是賞識，在陶文以後的仕途發展上起了不少的作用，陶文進京也常常去拜訪蘇老爺子，因此認識了蘇南。

蘇南說：「還行吧，不過很少出門了。」

陶文問：「脾氣還是那麼暴躁嗎？」

蘇南笑笑說：「是啊，動不動就想踢人。」

陶文呵呵笑了起來，說：「這是他老人家的口頭禪了，當年我跟蘇老聊天的時候，不知聽他說過多少次要踢人，可還沒見他真踢過一次呢。」

陶文將蘇南讓到沙發上坐下，秘書給蘇南倒上了茶，退了出去。

陶文看了看蘇南，問道：「老弟，這次千里迢迢跑到我們東海省來，是想做什麼大生意啊？」

蘇南笑笑說：「您的眼睛還是這麼毒，被您一眼就看穿了我的來意。最近東海省海川市有一個大項目，我們振東集團很感興趣。」

陶文聽了立刻說：「是海川新機場是吧？」

蘇南點了點頭，說：「您一說就中，是不是什麼人已經找過您了？」

陶文搖搖頭說：「倒沒人找過我，不過，能驚動振東集團的董事長親自跑來，這個項目不用說也不會小了。海川市現在能夠得上這個重量級的項目，只有海川新機場了。不過，好像這個案子還沒正式立項吧？」

蘇南說：「是還沒正式立項，不過就是幾個月之間的事情了。我想預先作些佈置，不然等正式立下項來，怕是什麼都晚了。」

陶文點了點頭，說：「早起的鳥兒有蟲吃，你早點行動是對的。這個大項目，我想惦記的人肯定很多，我這裏雖然沒人找我打招呼，不代表別人那裏沒人找。」

蘇南說：「對啊，我就是考慮到這一點才跑來的。」

陶文又說：「看來回頭你會去海川市，你去那裏想要找誰呢？」

蘇南說：「我想找市長徐正，我一個朋友曾經介紹我認識了他。」

陶文不解地說：「那你找我的意思是？」

蘇南笑笑說：「我現在跟徐正只能說是認識，而且，我那個朋友在徐正那裏分量不太夠，所以我希望您能幫我再打個招呼。」

陶文笑笑說：「這個招呼我可以幫你打，但能不能起到決定性的作用我可不敢說，老弟，我也老了，人家會不會拿我當回事可很難說。」

陶文雖然在秦屯面前沒有明說，可是他心中對郭奎對他的提議沒有當場表示接受是有些不滿的，如果還是程遠在的話，就不會有這種事情了。他敏感的意識到，他的影響力在降低了。

也是，一朝天子一朝臣，現在當家的換人啦，自己再想維持前朝的風光看來有些難了。

蘇南笑笑說：「您是東海省的元老了，他們不在乎誰，也不敢不在乎您啊。我也沒別的要求，只要您幫我打個招呼就好。」

陶文笑了，說：「老弟啊，不要捧我了，這個招呼我是可以打的。你準備什麼時候去見徐正啊？」

蘇南說：「我想明天就去海川。」

「好吧，那我馬上就給徐正去個電話。」陶文說。

陶文就撥通了徐正的電話，徐正接通了。

陶文說：「小徐啊，我陶文啊。」

徐正立刻說：「陶副書記您好，請問有什麼指示嗎？」

陶文笑笑說：「也沒什麼指示，只是我以前的老領導的公子來看望我，聊天的時候說起你來了。」

徐正問說：「不知道您這位貴客是哪位啊？」

陶文說：「就是那位蘇老的公子蘇南啊，振東集團的董事長，他說在北京跟你吃過飯。」

徐正聽了說：「哦，是蘇董啊，對對，那次在北京，承蒙蘇董看得起我，還請我吃過一頓飯的。他這次來東海有什麼貴幹嗎？」

陶文說：「這我倒不是很清楚，我讓他自己跟你講吧。」

蘇南就接過話筒，說：「您好啊，徐市長。」

徐正寒暄著：「您好，蘇董。北京一別，可是有些時日沒見面了。」

蘇南笑笑說：「是啊，我這次到東海來，就是想看望一些朋友。剛才還跟陶副書記說起，說我想明天去海川見見徐市長您呢，不知道您明天有時間嗎？」

徐正熱情地說：「有時間，有時間，蘇董要來，我肯定有時間。」

蘇南說：「不會給您造成不必要的麻煩吧？」

徐正回說：「我歡迎還來不及，怎麼會麻煩呢？上次在北京承蒙您盛情款待，我還想找機會好好回請您一次呢。」

「那我明天上午九點準時去拜訪您。」蘇南說。

徐正應道：「那我明天就恭候大駕了。」

陶文這時把話筒接了過去，說：「小徐啊，我這位蘇老弟難得過來東海省一趟，去你那兒我就交給你了，你可要幫我招待好了。」

徐正笑笑說：「陶書記，看您這話說的，蘇董也是我的朋友，我怎麼能怠慢他啊，您就放心吧。」

陶文便說：「行啊，有你這句話我就放心了。掛了啊。」

陶文掛了電話，看了看蘇南，說：「我相信你這次去，徐正一定會盛情款待的。」

蘇南心裏明白，陶文雖然在電話裏一句關於機場的事都沒說，可是他已經在徐正面前幫自己做了背書，陶文實際上是在跟徐正說，這個蘇南是我很重要的朋友，你怎樣對待他，我可是在背後看著呢。

徐正能做到今天這個位置，仕途經驗肯定豐富，蘇南相信他心裏絕對十分清楚陶文話裏的含義，便說：「謝謝陶副書記了。」

陶文笑笑說：「老弟客氣了，這點小忙，我這個做哥哥的本是應該幫的。」

跟陶文結束了通話，秦屯卻無法真的放下心來，他並不敢把希望都完全寄託在陶文那句不著邊際的話上，陶文已經老了，雖然是東海省的元老級人物，在東海省有雄厚的政治基礎，可是東海省剛剛改朝換代，他原本的政治聯盟程遠已經離開了，郭奎會不會拿他當回事，還真很難說。

秦屯判斷陶文在東海省的影響應該已經式微，不然的話，郭奎也不能對他的推薦說要考慮考慮，而應該是直接就答應下來。郭奎之所以說要考慮，也許是不好意思當面駁了陶文的面子吧。

幸好，秦屯也沒把希望全都寄託在陶文身上，他在北京還有更硬的後援，他認爲這個時候應該找找許先生爲他加把勁了，於是撥通了許先生的電話。

許先生過了許久都沒接電話，直到秦屯以爲他不接電話的時候，許先生才接通了。接通之後，許先生說：「有什麼事嗎，秦副市長？」

秦屯問說：「許先生在忙什麼呢？怎麼這麼久才接電話。」

許先生聽秦屯話中並沒有指責的意思，看來秦屯想要當副書記這件事情，結果還沒有出來，他剛才遲遲不接電話，就是擔心秦屯想當上市委副書記的企圖再次落空，此刻聽秦屯還能笑得出來，便知道沒事。

他放下了心，解釋說：「我剛才在洗手間，沒聽見電話響。你找我有什麼事嗎？」

秦屯有些不高興了，這許先生不是明知故問嗎？除了當副書記的事，還會有什麼事？便說：「還能有什麼事啊，你跟某某說我的事情了嗎？」

許先生心說：這傢伙還以爲我真的會幫他找某某啊，我倒真想去找某某，可是也得某某肯見我啊，我連某某家門口朝哪開都不知道，又怎麼能見到某某呢，不過既然這傢伙還相信我，那我就繼續矇下去吧，不然也對不起這個傻瓜，便滿口打包票說：

「說了，這件事情我跟某某說了，你放心，誤不了你的事。對了，我讓你在省裏找人，你找了嗎？」

許先生讓秦屯去省裏找人，是因爲他知道秦屯迫切想要升遷的心情，在這種心情之下，他肯定不能把希望都寄託在某一個人身上，除非他能確定這個人一定會幫他拿到這個職位，可是誰也不可能肯定的跟他說這樣的話，因此秦屯勢必採取亂槍打鳥的方式四處托人，許先生就是利用了他這種心理，許先生希望秦屯的亂槍可以打到鳥兒，到時候，秦屯也分不清誰真正起到了作用，誰又沒有起到作用。那時候許先生便可將功占爲己有。

這就是許先生的狡猾之處了，他是想渾水摸魚，這樣還可以繼續騙下去。就算這一次秦屯再次落空，他已經騙到了足夠的金錢，足可以抽身了。

秦屯便說：「找了，我找了省委副書記陶文，他說跟省委書記郭奎已經推薦我了。不過郭奎說要考慮考慮，並沒有馬上答應。許先生，現在這個狀況顯然還不行啊，郭書記態度還不明朗啊。」

許先生心中暗喜，他就是希望現在這個省委書記態度不明朗，明朗了不就沒他什麼事了嗎，便繼續吹噓說：

「你不用擔心，這不是還有某某在嗎？我跟你說，這一次某某見了那個昌化雞血玉山子很是高興，我又跟他說你已經送過瓷瓶了，某某很是感動，說你真是有心，有好玩的東西都記掛著他，這次他說一定會全力幫你的。所以我保證這次一定讓你心想事成，你就坐在家裏等好消息吧。」

秦屯激動了起來，說：「某某真的這麼說的？」

許先生笑笑說：「當然了，我騙你幹什麼？他還說日後一定會留意你的事情的，有更好的機會他還會想著你的。」

秦屯不禁喜出望外，說：「那太好了，我的心血沒有白費，看來這一次一定能成功了。」

許先生邀功說：「秦副市長，這件事情你是交托給我許某人的，我會讓你失望嗎？」

秦屯心說，你也沒少賺我的錢吧。不過如果能把事情辦成了，花點錢秦屯也是心甘情願的，關鍵是這件事一定要辦成，便再強調說：

「許先生，我覺得你還是再去跟某某說說，讓某某好好跟郭書記說一下，現在事情再加把勁就成了。」

許先生說：「我知道了，你放心，放下電話我就馬上跟某某聯繫，把這件事情跟他著重講一下，保你馬到成功。」

秦屯越發高興，說：「那我就先謝謝許先生了。」

許先生假意說：「客氣什麼，我們是朋友嘛。」

第二天上午九點，蘇南到了海川市政府，徐正已經在等著他了。

徐正跟蘇南握了握手，說：「歡迎蘇董到我們海川來做客。」

蘇南說：「我是路過東海，就想順路來看望一下您，不耽擱您辦公吧？」

徐正笑說：「有朋友來看我，我再忙也得騰出時間來，更何況來的是蘇董啊。」

兩人分賓主坐下，徐正問道：「蘇董是怎麼認識陶副書記的？」

「我父親曾經來過東海省，當時跟陶副書記結了緣。後來承蒙陶副書記看得起，他到北京就會去看望我父親，一來二去，我們就認識了。」蘇南回道。

徐正笑笑說：「原來是這樣啊。」

蘇南說：「陶書記是個厚道人，總記掛著我父親。」

徐正又問：「蘇董這一次過來是辦什麼事情啊？」

蘇南說：「振東集團一個分公司出了點事情，我不得不來處理一下。」

徐正訝異道：「振東集團在東海也有分公司？」

蘇南說：「是，不過不在海川，而是在省城齊州。」

徐正聽了，說：「你們的振東集團實力還真是強大。」

蘇南笑笑說：「都是朋友幫忙，給口飯吃而已。說起這個，我正好有件事情想問一下徐市長。」

徐正心知這才是蘇南來的正題，便說：

「蘇董想問什麼，我是知無不言，言無不盡。」

「我得到消息說，貴市的新機場項目馬上就要立項了，不知道貴市將來準備如何進行這個項目啊？」蘇南說。

徐正笑說：「蘇董消息還真是靈通，確實是，新機場項目審批進行已經到了最後階段，發改委即將正式立項。這項工程規模龐大，又是上上下下經過很多部門審批下來的，誰也不敢打馬虎眼，肯定會走招標程序的。怎麼，蘇董也有興趣？」

蘇南說：「我們振東集團旗下有一家機場建設公司，能夠從事專業機場場道施工與機場建設，並且具備機場工程的各級專業執照，也通過了品質管制體系認證，是能夠承擔起貴市新機場施工任務的。」

徐正聽了，說：「蘇董應該知道，現在已經不是行政命令決定一切的時候了，我現在只能說歡迎蘇董的振東集團加入到新機場的投標。」

蘇南笑笑說：「我清楚這裏面的情形，您知道我們振東集團在海川人生地不熟，只是跟徐市長您有這麼幾面之緣，我們很需要您的支持啊。」

徐正說：「蘇董放心吧，我們肯定會公平對待每一個來投標的公司的。」

「這樣我就放心多了，其實我這也是多擔心，有徐市長在這裏主政，肯定會公平對待每一個來參加投標的公司的。」蘇南說。

徐正笑笑說：「蘇董有這種擔心也很正常，現在好多地方遇到這種工程招標的情況，往往是上下其手，隨意左右招標的結果；這種情況在我們海川市一定不會發生，我們一定會確保這次招標活動達到公平、公正、公開三個原則的。」

蘇南稱讚說：「徐市長還真是一個講原則的好領導啊。」

徐正笑笑說：「唉，怎麼說呢，現在這社會上的歪風邪氣太厲害了，讓人都覺得有些匪夷所思。徐某人不得不時常心存警惕，不要被這種風氣腐蝕了。當初我出來做官的時候，我父親就提醒過我，要我時常念一念自己名字的這個正字，要我做官一定要行得正，才能百毒不侵。」

「令尊著實令人敬佩。說到這個正字，這次我來海川帶了一份禮物給您，正好很貼近您這種心境。」蘇南趁機說。

徐正笑說：「蘇董，你這就不應該了，剛剛我說要行得正，你馬上就要送我禮物，這不是難為我嗎？」

蘇南笑笑說：「那是您還沒看到我要送給你什麼，你看到了就不會說我了。我帶來的是一個書法冊，裡面寫的是文天祥的《正氣歌》，是不是剛好很貼合您現在的心境啊？」

說著，蘇南拿出了一本很古舊的書法冊，遞給了徐正。

徐正一看那泛黃的封面，便知道這東西時代很久了，打開一看，裏面是《正氣歌》的全文。落款還寫著「嘉靖丙申秋七月二十三日書，徵明。」後面跟著一個紅色篆刻「徵明」兩字的小章。

書法冊上的字不大，是行書體，很有王羲之行書的風格，溫潤秀勁，法度謹嚴而意態生動。雖無雄渾的氣勢，卻具晉唐書法的風致。

這竟然是明朝四大才子之一文徵明的作品，文徵明號稱詩書畫三絕，他的行書作品歷經幾百年能夠流傳下來，自是價值不菲。

徐正將書法冊遞還給蘇南，推辭說：「蘇董玩笑了，這是文徵明的字，我就再沒有見識，也知道是價值不菲之物，這我可不能收。」

蘇南笑說：「這徐市長就有所不知了，這本書法冊是不是文徵明的真跡還很難說，有專家存疑，清朝有名的《石渠寶笈》對這本書法冊沒有絲毫記載。我帶它過來，不是說它值多少錢，只是取其正氣二字。這正氣二字不正貼合您的心境嗎？您如果不收，那就是嫌它不夠貴重了。」

徐正看得出來這本書法冊古意盎然，字跡精妙，絕非假貨，即使不是文徵明親筆所寫，可能也是跟文徵明時代相近的後人的摹本。他心中也很喜歡，不過，他還是有些不好意思就這麼接下來。

徐正又把冊頁往外推了推，說：「這不好吧？」

蘇南聽徐正的語氣弱了下來，便知道他是有些心動了，就又將書法冊推了回去，說：「我剛才聽徐市長一番慷慨陳詞，覺得我帶這份禮物還真是帶對了，也只有徐市長才襯得起這正氣二字，您如果再推辭，就是看不起我了。」

徐正便不再客氣了，說：「叫蘇董這麼一說，我還真是不好意思推辭了，那我們就以正氣這兩個字共勉吧。」

蘇南笑笑說：「對，對，共勉。」

兩人相視一笑，再也沒有互相推來推去了。

兩人又閒聊了一會兒，看看時間已經是中午了，徐正就留蘇南一起吃飯，蘇南正要趁機跟徐正混熟，假意推辭了幾句，就答應了下來。

徐正領著蘇南去了海川的西嶺賓館，一進門，正好看到吳雯在大廳裏吩咐服務員做事，徐正打著招呼說：「吳總，今天沒去工地啊？」

吳雯笑說：「您好啊，徐市長，工地已接近收尾階段，不用我時時看著了，今天就沒過去。」

徐正又關心說：「怎麼樣，銷售狀況如何？」

吳雯回答：「基本上都被訂光了，銷售狀況良好，這還要多謝徐市長您的支持啊。」

徐正搖了搖頭，說：「是你的產品適合了市場的需求，與我無關的。吳總，你不是在北京待過嗎？今天我邀請的這位客人也是北京來的，振東集團的董事長蘇南先生，不知道你是否認識？」

吳雯笑笑說：「北京大著呢，我哪能每個人都認識啊？歡迎你來做客，蘇董。」

蘇南雖然是大集團的董事長，不過他向來很少出入風月場所，因此對這個曾經豔名滿京城的花魁並不認識，他笑著跟吳雯握手，說：

「想不到在海川能夠見到這麼美麗的老闆娘，幸會了。」

「蘇董真會說笑。」吳雯嫣然一笑。

徐正說：「現在你們算是認識了，一會兒你可要過來多敬蘇董幾杯啊。」

吳雯爽快答應：「行啊，徐市長你們先過去，我把這邊佈置完了就過去。」

徐正就領著蘇南去了包間雅座，雙方這是第二次坐在酒桌旁，少了很多拘禮，氣氛活絡了很多。

喝了一會兒，吳雯來了，進門就賠不是，說：「不好意思，徐市長、蘇董，我酒店的雜事太多，忙到現在才過來。」

徐正笑笑說：「來了就好。」

「來，我先給各位滿上。」吳雯給眾人把酒斟滿，然後說：「還不知道蘇董這次來海川是做什麼？」

「我是順路來看望徐市長的。」蘇南笑說。

吳雯端起酒杯，說：「來，這杯酒歡迎蘇董這位朋友來我們海川市。」

眾人喝的是白酒，蘇南面有難色，他不想一口就乾掉這一大杯白酒。吳雯看了，說：「蘇董，你不會是害怕我這個女流之輩吧？」

蘇南笑笑說：「現在是巾幗不讓鬚眉，女人在酒桌上能抬起杯來的，都是好酒量的。」

徐正在一旁說：「蘇董，別人敬的酒你不喝我不好說什麼，我們這麼美麗的女主人敬的酒你也不喝，就太說不過去了。」

蘇南見這架勢，知道這杯酒逃不過，便笑著說：「那我就捨命陪君子了。」

蘇南就和吳雯碰了杯，吳雯一口將杯中酒乾掉，蘇南也沒示弱，跟著也喝光了杯中酒。

「蘇董真是痛快，來，我再給你倒滿。」吳雯又將酒斟滿，說：「蘇董，我曾經在北京待過幾年，我的第一桶金就是在北京賺到的，我對北京有著很深的感情，今天見到你這個北京來的貴客，感到特別親切，可以這麼說，我算半個北京人，也就跟您算是半個老鄉；老鄉見老鄉，兩眼淚汪汪，怎麼說我也要再跟你乾一杯。」

蘇南笑說：「吳總，我真是佩服你這敬酒的口才，不過，我可真不能再一杯全乾掉了，這樣，我們到中央。」

吳雯笑笑說：「蘇董不愧是北京來的貴客，一說就是到中央，不過您今天來海川，不是到了中央，而是屈尊到了地方，這杯酒沒說的，一定要乾掉。」

蘇南聽了，便對徐正說：「徐市長，您今天真是找了一個好地方啊，你們這裏的女將太厲害了，讓人抵擋不住啊。」

徐正笑說：「沒辦法，吳總確實很能幹，再說這裏是吳總的地盤，這酒我也幫不了你啦。」

吳雯也說：「對啊，我的地盤我做主，蘇董，不會這麼點面子都不給我這個主人吧？」

蘇南有些無奈，只好再次跟吳雯乾掉了杯中酒，不過，吳雯再要給他添酒，他說什麼也不肯了，堅持說再這麼喝他就要出洋相了。最後徐正說和，蘇南才肯讓她再添了半杯酒。

酒桌上加入了女人，又是這麼漂亮的女人，氣氛就更活絡了起來，吳雯在其中敬這個敬那個，大家喝得不亦樂乎。

喝完酒，蘇南就跟徐正說要離開海川回北京了，徐正挽留說：「蘇董，好不容易來一趟，多住幾天吧？」

蘇南搖了搖頭，說：「我也想多玩幾天，可是集團還有很多事等著我處理呢。」

徐正說：「那我就不好再留了，保持聯繫。」

蘇南笑笑說：「保持聯繫。」

吳雯出來送蘇南，跟他握手告別，說：「一路平安啊，蘇董。」

蘇南說：「謝謝吳總盛情款待，日後回北京別忘了去找我啊。」

吳雯打趣說：「怎麼，蘇董的酒還沒喝夠嗎？」

眾人都笑了起來，蘇南就上車離開了，徐正也跟吳雯說了再見，回了市政府。

不倫之戀

曉菲說：

「其實，我早就知道你結婚了，知道你老婆是京師名媛之一，跟你很般配。可是這些並不能阻止我喜歡你，我知道這就是所謂的不倫之戀，是不被這個社會所允許的，可是，我沒辦法，誰叫我愛上了你呢。」

吳雯送走這些人，回到辦公室，給劉康撥了一個電話，劉康接通了。

吳雯問候說：「乾爹，這一向身體還好嗎？」

劉康說：「還行吧，你那邊工程進行的怎麼樣了？」

吳雯回說：「進展順利，已經快收尾了。」

劉康說：「那就好。今天打電話找我幹什麼？」

「是這樣，乾爹，北京有個振東集團你知道嗎？」吳雯問道。

「我知道啊，挺大的一個公司，很有實力。怎麼了？」劉康回說。

「他們的董事長剛剛從西嶺酒店離開，這個人真是好風度，喝了那麼多酒，行爲舉止一點都不亂，一副貴公子的架勢。」

吳雯對蘇南印象不錯，因此才會向劉康說起他。

劉康驚訝的叫了一聲：「蘇南去海川了？」

吳雯愣了一下，說：「乾爹認識蘇南？」

劉康說：「我知道這個人，你說他一副貴公子的架勢，一點沒錯，他就是那樣，走到哪都是眾人矚目的焦點。他沒說去海川做什麼嗎？」

吳雯說：「是徐正請的客，蘇南說是順路來看徐正的。」

劉康詫異地說：「這傢伙跟徐正搭上關係了？」

吳雯說：「是，看樣子，倆人還很親近。」

「這傢伙這麼早就開始佈局了。」劉康不禁說道。

吳雯好奇問：「乾爹，什麼這麼早就開始佈局了？我看蘇南只是路過而已，喝完酒之後他就趕回北京了。」

劉康笑說：「他是振東集團的董事長，每天忙得不得了，才沒閒工夫去路過你們海川呢。」

「乾爹，你別打啞謎了，究竟怎麼回事啊？」吳雯不禁好奇起來。

劉康說：「我想蘇南肯定是在打海川新機場項目的主意，振東集團旗下有一家機場建設公司，在機場建設方面很有實力。」

吳雯說：「海川新機場項目我知道，聽不少來吃飯的官員們聊起過這個項目，不過好像還沒正式立項。」

劉康說：「這個項目涉及幾十億的規模，是一個很大的項目，所以把蘇南這樣的貴公子也引到了你們海川去。現在正是立項在即，蘇南跑去海川，八成就是爲了爭取這個項目預作佈局的。哼哼，這傢伙想得倒美。」

聽劉康的口氣似乎很不高興蘇南染指新機場項目，吳雯遲疑了一下，說：「乾爹，莫非你也想爭取這個項目？」

劉康說：「當然了，這麼大一塊肥肉，誰會不心動啊？如果不是想得到這個新機場項目，我費那麼大勁幫徐正保住市長寶座幹什麼？」

原來劉康早就有所打算了，吳雯笑笑說：「乾爹真是老謀深算啊。」

劉康笑了，說：「我和蘇南都一樣，手下都有一大批人靠著我們吃飯呢，我們不多想一點，早就被人擠垮了。」

吳雯聽了說：「這倒是，以前不經營企業我不知道，現在自己做生意，經營事業，我才知道其中的艱辛。」

劉康笑說：「是啊，不當家不知柴米貴。誒，小雯，你不是早就想要乾爹去海川看一看嗎？」

「乾爹你要來海川？」吳雯問道。

劉康笑笑說：「當然了，我不去海川，又怎麼去認識你們的徐正徐市長呢？」

羅雨被任命爲副主任之後，傅華因爲對他提拔後的表現並不滿意，因此打消了讓他去酒店兼任副總經理的計畫，就讓他仍然分管原來辦公室的業務和餐館。最重要的酒店業務，傅華仍然一手把持著，不讓林東和羅雨插手。

此刻，傅華正在章鳳的辦公室，跟章鳳商談酒店方面的事務。

趙淼敲門進來，看到傅華，就說：「姐夫，你們要談事情嗎？」

傅華笑笑說：「沒事，我們大致談完了，進來吧。」

趙淼進來坐了下來，對章鳳說：「章總，你要管管大堂的劉經理，太不像話了，工作時間竟然不在崗位。這不是我管的，要是我管的，我一定批評他。」

章鳳笑說：「我知道了，回頭我批評他就是了。」

趙淼又跟兩人聊了幾句，就離開了章鳳的辦公室。

傅華說：「趙淼還挺負責的。」

章鳳笑笑說：「是啊，他挺認真的，這一點我挺欣賞他的。」

傅華不禁說：「我岳父也許應該好好謝謝你，你把他的兒子帶得這麼好。」

章鳳笑說：「不是我帶得好，是趙淼本身的素質很好，我又沒管他什麼，只是給他一個發揮的空間而已。」

晚上，傅華和趙婷回娘家吃飯，趙凱、趙淼也在，傅華就講了章鳳表揚趙淼的話。

趙淼聽完，問道：「章總真的這麼講了？」

傅華說：「當然了，我騙你幹什麼，她說很欣賞你啊。」

趙婷笑說：「章鳳也是一個認真的人，看到認真的人自然很欣賞啦。」

趙凱也很高興：「小淼啊，爸爸也覺得你做得不錯，如果你能把這股勁用在我們通匯集團就好了。」

趙淼聽了說：「好啦爸爸，我知道您工作的辛苦，不過你再放我在外面鍛煉幾年吧，我覺得我現在還沒有能力在通匯集團工作，您那裏的複雜局面我還應付不過來。」

趙凱愣了一下，兒子竟然說出知道自己辛苦的話，他感到兒子開始有責任感了，點了點頭說：「小淼，我覺得你成熟了很多。看來你去酒店工作倒不是一件壞事。」

吃完飯，趙凱去書房，傅華和趙婷便準備去客廳坐坐，這時，趙淼拉了一下傅華的胳膊，對傅華說：「姐夫，你跟我來，有件事我想請教你。」

傅華便跟趙淼進了房間，看著趙淼問道：「什麼事啊，這麼神秘？」

趙淼顯得有些不好意思的看了看傅華，說：「姐夫，有件事我想請你幫我拿拿主意，不過事先聲明一點，我說了你可要給我保密啊。」

傅華笑說：「說吧，究竟什麼事啊？」

趙淼說：「你先答應給我保密，我才能跟你說。」

「好吧，我答應你。」傅華說。

趙淼又強調：「一定不能跟爸爸媽媽還有姐姐說啊。」

「一定。」傅華保證道。

趙淼又露出了不好意思的神情，對傅華說：「姐夫，我覺得我喜歡上章總了。」

傅華驚訝的叫了一聲：「什麼，你喜歡章鳳？你知道章鳳可是比你大的。」

趙淼臉騰地一下子紅了，說：「你別叫啊，我知道章總比我大，可是也沒大多少啊，我覺得這個應該不是問題吧？再說大才顯得成熟，你沒看我那些同學，一個個嬌滴滴的，都像是沒長大的孩子，真是沒勁。」

「可是不知道爸爸媽媽會怎麼看這件事？」傅華說。

「我心中也沒底，不過這還不是最重要的，關鍵是章總是怎麼一個看法？」趙淼擔心說。

「這個誰知道啊，這要問她本人。」傅華說。

趙淼央求說：「姐夫，你能不能幫我問她一下啊？」

傅華愣了一下，說：「這個我怎麼去問？最好你自己去問。」

趙淼擔心地說：「我有些害怕，萬一她拒絕我怎麼辦？你能不能幫我側面問她一下，她如果不反對，我再去跟她說。」

傅華看了看趙淼，問道：「小淼，你告訴我，你喜歡章鳳什麼？」

趙淼說：「章總做事雷厲風行，身上有一種幹勁，你不覺得這樣的女人很酷嗎？」

章鳳身上是有一種女強人的氣質，甚至某種程度上還有些男子氣，這點傅華並不欣賞，他覺得女人還是應該溫柔一點才對。

「你不覺得章鳳並不漂亮嗎？」傅華問。

趙淼說：「不會啊，我覺得章鳳身上有一種不同於北方女孩的味道。」

傅華笑了，說：「那是當然了，她是南方人嘛。」

趙淼苦笑了一下，說：「不管怎樣，我就是喜歡她，每天看到她，我就有了精神。」

傅華恍惚有些明白，趙淼從小在趙凱的羽翼庇護下長大，性格自然有些柔弱，遇到一個像男人性格很有主見的女人，自然是很受吸引了。

不過，這件事情傅華還真是不敢貿然就出手幫趙淼，他無法想像趙凱對這件事情會持什麼態度，如果趙凱支持趙淼還好，如果他不支持的話，自己這麼摻和，會讓一家人產生嫌隙的。

傅華便笑了笑說：「小淼啊，首先聲明一點，我不是反對你喜歡上章鳳，不過這件事情你是不是先跟爸爸媽媽溝通一下，看看他們的意見如何？」

趙淼面露難色，說：「我怕爸爸反對，而且現在章總也不知道是什麼態度，貿然跟爸爸談，也不是個事。」

傅華覺得趙淼說得不無道理，章鳳還不知是什麼態度，貿然跟趙凱說的確不太合宜。不過，這件事情自己也不能幫趙淼去談，還是應該由趙淼自己去說。

傅華看看趙淼，說：「小淼，我倒不是不願意幫你去跟章鳳說，可是你想過沒有，我去說，章鳳會不會覺得不好意思呢？那樣即使她內心中願意，可能也不好表現出來，是吧？」

趙淼撓了撓頭，說：「那怎麼辦呢？這樣不行，那樣也不行。」

傅華鼓勵他說：「我覺得你應該鼓起勇氣來，喜歡一個人就勇敢地去面對她，這一點我覺得你應該跟你姐姐學，她這點就比你強多了。」

趙淼笑說：「姐夫，是不是當初被我姐姐追，你覺得很得意啊？」

傅華笑笑，說：「我不是這個意思，其實我一開始是有些不接受你姐姐的。如果能夠接受，我是不在乎誰追誰的。」

趙淼又露出了爲難的表情，說：「那我怎麼跟章總表示啊？」

傅華笑笑說：「你不要把她當做你的上司，把她單純的當成一個女人，一個需要去呵護的女人不就行了嗎？」

趙淼說：「不行啊，在章總的辦公室我總感覺她很威嚴，這種狀況之下我說不出來。」

傅華說：「你如果感覺在辦公場所說不出來，可以把她約出來啊？」

趙淼還是有些猶豫地說：「我怎麼約她？我能說章總，我想約你出來，告訴她我喜歡你嗎？」

傅華笑了，說：「小淼，我真是服了你了，你從來沒追過女孩子嗎？」

趙淼說：「我倒不是沒追過，可那都是些小女生，我在她們面前很有自信，章總與她們不同的。」

傅華看了看趙淼，他感覺趙淼還像個孩子一樣，他弄不清楚趙淼是真對章鳳動了情，還是出於某種心理想玩一玩，章鳳是感情受過傷害的人，可經不起折騰的，便說：「小淼，章鳳與你不同，她有很多的社會經驗和感情經驗，你雖然已經大學畢業，可踏入社會的時間不長，很多方面還是白紙一張，你是不是再認真考慮一下你跟章鳳之間的感情？」

趙淼嚴肅了起來，說：「不，姐夫，這件事情我已經考慮很久了，如果能放得下來，我早就放下來了。」

傅華問：「你知道章鳳感情上受過傷害嗎？」

趙淼說：「知道啊，我聽別人說過，章總當初就是因爲感情上受了傷害才到北京來的。」

傅華說：「那你就應該知道你要追她一定要認真，可不能玩的。」

趙淼笑了，說：「姐夫啊，你怎麼也不想想，我跟你說這件事情要鼓起多大的勇氣，我還要面對爸爸媽媽可能的反對，如果我是在玩弄感情，我會玩得這麼累嗎？」

傅華笑了，說：「我明白了。」

趙淼說：「你別光明白啊，要想辦法幫我啊。」

傅華答應說：「章鳳我可以幫你去約，不過話可要你自己去說，你先想好怎麼跟章鳳說這件事情，想好了告訴我，我就替你約章鳳見面。」

趙淼說：「不用想了，我想過很多遍了，可還是想不到完美的表達方法，你幫我約她吧，我有什麼說什麼好了。」

傅華拍了拍趙淼的肩膀，說：「你這句話說得還有些男子氣概，有些時候，再完美的表達也不如實話實說。行了，我明天上午叫章鳳到我們海川風味餐館來，然後你就過去，你們在那談吧。」

趙淼說：「好的。」

兩人聊完，傅華出了趙淼的房間，趙婷好奇地問：「小淼跟你談了什麼？」

傅華笑笑說：「這是我們男人間的秘密，不能告訴你。」

趙婷越發好奇，追問道：「究竟是什麼啊？這麼神秘，快告訴我吧。」

傅華說：「我告訴你，你弟弟會殺了我的。好啦，很快你就會知道的。」

第二天，傅華打電話給章鳳，說餐館有點事情，需要她親自下來看看。章鳳答應了，說馬上就過來。傅華便通知了趙淼，讓趙淼看章鳳出來後，等幾分鐘就過來餐館。

幾分鐘後，章鳳來到餐館，看到傅華，便問：「什麼事情啊，還非得我下來？」

傅華笑笑說：「你不來解決不了，來，你進來看看。」

傅華將章鳳領進了一個雅座，章鳳四下打量了一下，說：「怎麼了，我沒看到有問題啊？」

傅華笑著說：「你先坐，聽我跟你說。」

章鳳坐了下來，看看傅華，問道：「說吧，怎麼了？」

傅華看了看章鳳，說：「你來北京有一段時間了吧？」

「對啊，有一段時間了。怎麼了？」章鳳納悶地說。

傅華說：「對這邊的生活還習慣嗎？」

章鳳說：「開始不太習慣，這邊風沙大，氣候乾燥，皮膚有點受不了。不過現在已經適應了，我覺得北京有它獨特的情調，挺不錯的。傅華，你今天怎麼了，突然開始關心起我的生活來了。」

傅華笑笑說：「沒什麼，問一下而已。怎麼樣，打算長期在這邊生活嗎？」

章鳳說：「我已經有點習慣這邊的生活了，又有趙婷、鄭莉這些好姐妹在，在北京挺好的。好了，你別老說些沒用的，你到底找我什麼事啊?我可是挺忙的，沒工夫跟你閒扯。」

正說著，趙淼推門進來了，傅華心說這傢伙總算來了，便說：「不是我要找你，是小淼有事要跟你談，我也挺忙的，先走啦。」

章鳳叫道：「你們兩個傢伙搞什麼鬼啊?」

傅華笑著說：「搞什麼鬼你問趙淼吧。」

說完，傅華便開門離開了。

章鳳看著趙淼，詫異的說：「趙淼，有什麼事情不能在我辦公室談，怎麼還要找你姐夫來演這麼一齣?」

趙淼臉漲得通紅，唯唯諾諾地說：「章總，是這樣……」

趙淼結巴了半天，也沒說出自己想說的話。

章鳳急了：「到底是什麼事啊?你不說我可要走了。」

「我想告訴你，我喜歡你，章總。」趙淼終於脫口而出。

章鳳愣了一下，旋即笑說：「別開玩笑了，小淼，我比你大，是你的姐姐。」

趙淼把最重要的話說了出來，心情輕鬆了很多，見章鳳並沒有什麼激烈的反應，膽子也大了起來，便反駁章鳳說：

「你又不是我親姐，也沒有什麼規定說，男人就不能喜歡比自己大的女人。」

章鳳搖搖頭說：「不是，你怎麼能喜歡我呢？」

趙淼索性豁出去了，大膽的表白說：「我怎麼不能喜歡你，你性格爽朗，很有主見，我就喜歡你這樣的。」

章鳳說：「可是我比你大很多的，我們不適合。」

趙淼說：「我覺得年紀不是什麼問題，再說，你也沒有比我大多少吧？我二十四歲，你呢？」

章鳳說：「我都二十七了。」

「你看，才大三歲而已，我們這邊說女大三，抱金磚，說明這樣歲數的差別還是很被人接受的。」趙淼說。

「你說的這都是什麼跟什麼啊，不理你了，我走了。」說完，章鳳站了起來，就往外走。

趙淼有些急了，他知道話已經說開了，今天如果不能得到滿意的答覆，今後兩人的相處就會尷尬起來，自己也會感覺在這裏待著不自在的，便伸手一把拉住了章鳳的胳膊，說：

「章鳳，我對你是很認真的，你不要以爲我是在開玩笑。你就給我一次機會吧？」

章鳳說：「事情太突然了，我一點心理準備都沒有，你這個樣子讓我怎麼去面對趙婷啊？」

趙淼說：「是我喜歡你，與我姐有什麼關係啊？你管她幹什麼？」

章鳳說：「不管怎麼樣，你先放開我。」

趙淼說：「你不答應我，我就不放手。」

章鳳說：「你幹什麼啊，小淼，我們不行的。」

趙淼急了，說：「怎麼不行，你現在又沒有男朋友，我找不到不行的理由。」

「你放開我，你突然就跟我說這麼一套，總得給我點時間考慮一下吧？」章鳳說。

趙淼看著章鳳的眼睛，說：「這個事情你一定會認真考慮的，對吧？」

章鳳說：「好啦，我會認真考慮的，你先放手。」

趙淼鬆開了章鳳的胳膊，章鳳整了整頭髮，一句話也沒說，打開門就離開了。

趙淼呆呆的坐在那裏半天，頭腦亂成了一鍋粥，他不知道章鳳最終會給他一個什麼答覆，他也不敢回去面對章鳳，他害怕得到的是一個不好的結果。

好半天，趙淼才想到要給傅華打個電話，也許傅華有什麼主意呢。

傅華正在辦公室，曉菲來了，說很想念海川風味餐館清蒸菜的鮮美，要傅華陪她下去一起吃。傅華看看時間，還不到中午，就說讓曉菲先坐一會兒。

曉菲坐到了他的對面，兩人剛要說些什麼，電話響了，傅華看看是趙淼的電話，對曉菲說：「你先等一下，我接個電話。」

傅華接通了電話，問道：「怎麼樣，小淼，章鳳答應你了嗎？」

趙淼嘆了口氣，說：「她沒答應，只是說要考慮一下。」

趙淼便把當時的情形講了一遍，然後問道：「你說我要怎麼辦啊，姐夫？」

傅華笑了，說：「你這個傢伙，真是笨啊，你怎麼能就這麼放手了呢？她當時也沒怎麼掙扎，你應該用點蠻勁的。」

趙淼說：「我怎麼用蠻勁啊，我總不能一直用力抓住她的胳膊不放吧？」

傅華笑說：「這還需要我教你啊，小淼？」

趙淼懊惱地說：「我真的不知道該怎麼做。」

傅華笑著說：「這個時候，男人要強悍一點，你要去征服她。」

趙淼苦笑了一聲，說：「怎麼征服啊，姐夫，你能不能教我一下啊？」

傅華有些哭笑不得，談戀愛這種事情他怎麼能手把手教啊，尤其是面前還有曉菲這樣一位小姐在。

傅華捂住了話筒，尷尬地對曉菲說：「不好意思啊，曉菲。」

曉菲笑說：「沒事，就當我不在這裏，大膽傳授你的經驗吧。」說著，曉菲從座位上站了起來，繞到傅華身後去看他的藏書去了。

曉菲不在眼前，傅華的尷尬少了些，便說：

「小淼，叫我怎麼說你啊，她那個時候沒有用力掙扎，就是在猶豫不決，這時候你如果能夠給她一點甜蜜的啓發，她可能就接受你了。」

趙淼還是不太明白，說：「什麼是甜蜜的啓發啊，姐夫，你別遮遮掩掩的，有話直說嘛。」

傅華急道：「唉，小淼，你怎麼這麼笨呢，我的意思是你就吻她，吻她直到她軟化下來。接吻你總會吧？」

趙淼說：「那她要是不肯，跟我翻臉怎麼辦？」

傅華嘆了一口氣，說：「小淼，你叫我怎麼跟你說呢？你這樣前怕狼後怕虎的哪行，愛上一個人是可以不顧一切的，拿出你的勇氣來，用你的行動向她表達你的愛意，知道嗎？」

趙淼說：「是這樣啊，那我下面怎麼辦？我都不知道該如何去面對她了。」

傅華說：「你已經勇敢地邁出了第一步，這是最難的，下面的你就不要想太多，她不是說要考慮嗎，過幾天你可以用這個理由再約她出來嘛，或者你怕她不出來，直接追到她辦公室去，之後再如何，就要看你自己的表現了。」

趙淼長出了一口氣，說：「你這麼一說，我心裏就有底了。」

傅華掛了電話，轉過椅子去看在身後看書的曉菲，笑著說：「不好意思，曉菲，我這個小舅子被我岳父寵壞了，這樣的事情也得我教他。」

曉菲就站在傅華身後，傅華一轉過去，兩人的距離就很近了，她並沒有回答傅華，而是站在那裏低下頭來，眼睛直直的看著傅華。

四目相交的那一刻，傅華看到了曉菲眼神中閃爍著炙熱的火花，不由得心慌了一下，他剛才還在給人傳授愛情經驗，此刻自然明白這眼神代表著什麼，他知道自己是有婚姻在身的人，不應該再去招惹曉菲了，便想轉身回去。

但是已經晚了，曉菲放掉了手中的書，迅速地上前了一步，伸手捧住了傅華的頭，就強吻上了傅華的嘴唇。

如蘭似麝的氣息讓傅華一陣眩暈，這是一種什麼樣的感覺，傅華說不出來，似乎是生命中久已期待這種感覺的到來，這一刻，所有的世俗約束都不見了，所有世俗的事和物都不再被考慮了，彷彿世界上只剩下了他們兩個人，舌與舌的糾纏讓兩個人的心聯接到了一起，他彷彿感覺自己的身體變輕了，融化了，徹底的消失在這個吻中了。

傅華此刻才明白，爲什麼他那麼在意曉菲對他的態度，連絲毫的不敬都睚眥必報，他也明白了爲什麼他在跟趙婷親熱時，腦海裏竟然會閃現曉菲的臉龐。這些都是因爲他潛意識當中早已經想要去征服曉菲，渴望征服她，把她變成自己的女人。

不行，不能這樣，這是不對的，短暫的失控之後，傅華很快又恢復了理智，他知道這樣做是對不起妻子趙婷的，即使他很留戀這種感覺，可是這樣做是不被道德和社會所允許的。

傅華用力扭頭把嘴唇躲閃開了，想要掙脫曉菲的雙手，曉菲卻不想讓他掙脫，索性撲進他的懷裏，越發抱緊了他，嘴唇移到了他的耳邊，呢喃道：「傅華，我真的喜歡你，你就讓我抱一會兒吧。」

傅華沒有再掙扎，聽憑曉菲抱著他，不過相比兩人激吻的時刻，他的身體變得僵硬，不再那麼自如了。曉菲感受到了傅華的變化，便有些無趣，於是放開了傅華。

傅華一被放開，便趕忙把椅子轉了回去，不敢再去看曉菲了。

曉菲將地上的書撿起來放回了書櫃裏，然後回到傅華對面坐了下來，也不說話，只是挑戰似的看著傅華的眼睛。傅華被看得有些尷尬，他在曉菲面前總是會有這種尷尬的感覺，他覺得自己似乎被曉菲看穿了心底的一切。

傅華乾笑了一下，說：「曉菲，我們不應該這樣的。你知道，我是結了婚的。」

曉菲淡然地笑笑說：「我當然知道了，不然你又怎麼會有岳父、小舅子之類的親戚呢。」

傅華說：「我老婆對我很好，我沒有任何理由去背叛她。」

曉菲又淡然一笑，說：「我知道，這看得出來，你提到你老婆那邊的人，根本就是在說自己家人一樣，如果你的婚姻不幸福，不會這樣的。」

傅華搖了搖頭，他有點搞不明白眼前這個女人了，這個女人身上總是有一種難以捉摸、難以掌控的氣息，也正是這種氣息讓他感到尷尬，同時也強烈的吸引著他。

見傅華只搖頭不說話，曉菲笑了，說：「我知道你搖頭的意思，你是想說，既然我知道你有婚姻還很幸福，就沒有理由跟你發生剛才的一切，是吧？」

傅華點了點頭，說：「我是有些想不明白。」

曉菲說：「其實，南哥要帶你去我的沙龍之前，就把你的情況大概講給我聽了，我早就知道你結婚了，知道你老婆是京師名媛之一，跟你很般配。可是這些並不能阻止我喜歡你，第一次見到你，我就被你身上那種不同於我們圈子裏人的氣息深深地吸引住了，你率直，敢講真話，我心裏說，這也許才是真的有擔當的男子漢吧。可是我心裏也明白，我是不應該喜歡你的，我向來很討厭攪到別人婚姻中的第三者，可是，感情這東西由不得人，我還是不可自拔的深深地陷了進去，我總想找理由見到你，看到你，我心裏就很開心，就忍不住想要跟你鬥幾句嘴。我知道這就是所謂的不倫之戀，是不被這個社會所允許的，可是，我沒辦法，誰叫我愛上了你呢。

「本來，我還想儘量控制自己，壓抑住自己對你的感情，可是剛才你的一番話，在教育你的小舅子的同時，也給了我勇氣，讓我覺得，就算我不能全部的擁有你，也可以在某個時段擁有你，哪怕只有一剎那。上蒼對我還算不薄，剛才有那麼一段很短的時間，我感覺你和我一樣，拋開了世俗的一切，全身心的融合在一起。這也算對得起我了，可惜這時間太短，你的古板個性很快就又回來了，你又想到了你的家庭，想到了你的老婆，所以你又想要推開我了。傅華，承認吧，你也是喜歡我的，是吧？」

傅華看著曉菲，他不知道該如何去回答曉菲，剛才那一刻的激吻告訴他，他是喜歡曉菲的，可是他心中，趙婷的位置更重要，而且他對趙婷有承諾在先，是要一生一世相守的。這就不允許他跟曉菲之間的這種情感蔓延下去，必須馬上剎住。

曉菲笑說：「膽小鬼，連自己的真實感覺都不敢承認嗎？」

傅華苦笑了一下，說：「我承認我也喜歡你，可是並不代表我不喜歡趙婷了，實話說，這種感覺讓我很羞恥，我覺得很對不起趙婷，無論如何我不應該是一個花心的人的。」

曉菲笑了，說：「很正常啊，你這種古板性格的人是很難做到逢場作戲的，就像剛才，你的回吻明明告訴我，這一刻你也是很心動的，可是理智告訴你不應該這樣，你就馬上推開我了。你就不肯多放鬆自己一會兒嗎？僞君子。」

傅華乾笑了一下，說：「好吧，你要罵我僞君子就罵吧，曾慮多情損梵行，入山又恐別傾城。世間安得雙全法，不負如來不負卿。連六世倉央嘉措都沒有什麼兩全法，我這樣一個凡夫俗子更是只能顧好已經有了承諾的一方，也只能辜負你這一番情意了。」

曉菲笑了，說：「世間安得雙全法，不負如來不負卿。呵呵，有意思，傅華，你不用害怕，我不會強求你做任何事情的。」

傅華看了看曉菲，這個女人還是那麼一副淡定的神態，絲毫沒有因爲自己的推拒而變得焦躁，心中不得不佩服她的風度，這樣的事情如果換在別的女人身上，此刻還不知道會是什麼樣的糾纏或者一怒而去了。

傅華看了看時間，說：「曉菲，到午飯時間了，你還要我陪你下去吃飯嗎？」

曉菲笑著說：「爲什麼不呢？你心中如果放不下我，怕尷尬就不要去。」

傅華雖然不敢再越雷池一步，可是對曉菲總有那麼一絲不捨，也有辜負了對方情意的歉疚，便笑了笑說：「你能放得下，我就能放得下，走吧，我陪你吃飯去。」

兩人便到了一樓的海川風味餐館，正碰到一臉不高興的章鳳，章鳳看到傅華，並沒有注意到他身邊的曉菲，馬上就說：

「我猜你會來這裏吃飯，傅華，你搞什麼鬼啊，是不是你給趙淼出的餿主意啊？」

傅華立即說：「你先別這麼著急，來，我給你介紹，這是我朋友曉菲，這是順達酒店的總經理章鳳。」

曉菲猜到了這個章鳳八成就是剛才傅華在電話裏教人追求的女人，有點好玩的看著章鳳，笑著說：「你好。」

有外人在面前，章鳳就有些不太好意思了，笑笑跟曉菲握了握手，也說了一句你好。

傅華覺得章鳳來得正好，倒避免他跟曉菲單獨相處的尷尬了，便說：「章鳳，你既然來了，那我們就一起去雅間坐吧，你聽我慢慢給你解釋。」

曉菲看了傅華一眼，心說這傢伙叫這個女人加入飯局，肯定是想避免跟自己單獨相處，真是膽小鬼。

章鳳也看了傅華一眼，她對傅華要在別人面前談論自己的私事有點不太以爲然，更對傅華談論這樣的私事都不回避曉菲有所懷疑，看來傅華對這個曉菲是有相當程度的信任。

章鳳想了想，也沒什麼怕人的，而且也想早一點擺脫這件事情，就跟傅華和曉菲一起進了雅間。

第十章

絕妙法門

徐正為官的一個很重要的原則，
就是他絕對不拿自己認為不安全的錢，而且他從來不主動去索取賄賂。
這也是徐正官聲不錯的一個很重要的原因，
也是他自認為既能獲取利益，又能保住權力的絕妙法門。

剛一坐下來，章鳳便對傅華沒好氣的說：「你回頭趕緊去告訴趙淼，我跟他是不合適的，這讓你老婆知道了，不知道會如何笑話我呢。」

章鳳強調傅華是有老婆的，是因爲她隱約感覺眼前的這對男女，似乎看對方的眼神都有些曖昧，她想提醒一下曉菲，傅華是有妻室的，不要瞎糾纏。這裏面也有維護她的好朋友趙婷的意思。

幸好曉菲並沒有顯出什麼在意的樣子，讓章鳳覺得自己可能是多心了。

傅華解釋說：「章鳳，這事情不能怨我，是趙淼非要讓我幫他安排跟你見面的，再是我不明白，你覺得小婷會笑話你什麼啊？」

章鳳說：「這還用說嗎？我跟她弟弟在一起的話，豈不是老牛吃嫩草？還不被人笑掉大牙啊？我都不知道要如何跟趙婷去說這件事情。」

曉菲在一旁聽了，說：「我不知道這裏面有什麼內情，不過如果僅僅是因爲年齡的關係的話，我倒要插句嘴，看不出章總還是這麼封建的人，你是不是太多心了，現在都什麼社會了，姐弟戀這種情形不是很普遍嗎？誰會笑話你們啊？大家都很接受這種狀況啊。」

章鳳看了曉菲一眼，心說這個女人倒還真不認生，隨便就置喙別人的私事，不過話已經說開了，她也有些無所謂了，便說：

「曉菲，你不知道，我平常都是拿趙淼當弟弟看的，他突然跑來跟我說喜歡我，我真的接受不了。」

傅華笑了，說：「這是需要一個心理轉變的過程的，不過，你討厭趙淼嗎？」

章鳳說：「我討厭趙淼幹什麼，可是他在我眼中還是個孩子，我怎麼能跟一個孩子來往呢？不行，肯定不行。」

傅華說：「趙淼二十四歲了，要在古代，孩子都生一大堆了，他已經是成年人，你怎麼還把他當做孩子呢？」

章鳳仍堅持說：「我不管，反正你去告訴趙淼，我跟他是不可能的。」

傅華笑說：「章鳳啊，趙淼現在在你手下當差，你們抬頭不見低頭見的，你如果想要告訴他你不能跟他來往，可以自己跟他說嘛，不必要非讓我當這個傳聲筒的。」

章鳳說：「傅華，你這不是不講理嗎？事情是你給惹出來的，你不來收拾殘局，誰來？」

傅華笑了，說：「我一開始就跟你說了，這件事是趙淼自己要這麼做的，不關我什麼事的。」

章鳳急道：「傅華你怎麼這個樣子呢，我讓你跟趙淼說，是不想讓他太下不來台，你是他姐夫，跟他說有個緩衝不是嗎？也不會讓他接受不了。」

傅華笑說：「你這是在維護他嗎？嘿嘿，章鳳，你既然這麼爲他著想，何不給他一個機會，大家交往看看。」

章鳳有點惱了，說：「好啦，什麼交往看看，你不願意傳這個話算了，我自己跟他說。」

傅華笑說：「最好是這樣，什麼話還是你們自己當面說清楚的好，好了，我們點菜吧。」

「我沒心情跟你們吃飯啦，我走了。」說完，章鳳站起來氣哼哼的離開了雅座。

章鳳離開後，曉菲便笑了笑說：「這個章鳳完蛋了，一定會落在趙淼手裏了。」

「你怎麼知道？」傅華聽了問。

曉菲分析說：「章鳳口口聲聲要拒絕，可表現出來的卻都是維護趙淼的意思，似乎她這個拒絕是在表演給我們看的，我覺得她的心是動搖的，她不是不能接受趙淼，只不過她覺得馬上接受有點礙不過面子，尤其是無法去面對那些平常相處的朋友們。如果她真的自己去找趙淼，趙淼又受了你的指導，肯定會拿出你教他的損招來對付章鳳，我覺得章鳳肯定受不了，一定會被趙淼得手的。你教他這一招還真是損到家了，你這傢伙有夠壞的。」

曉菲說完，曖昧地看著傅華笑了起來。

傅華知道曉菲是在說她剛才就是用這一招將自己拿下了，便苦笑了一下，說：「我真是作法自斃，好啦，但願趙淼能夠真的達成心願，也不枉我教他這一回。」

劉康帶著一名美女到了海川，跟吳雯介紹說這個美女叫邵梅，是自己的助理。吳雯心中懷疑這個邵梅是劉康身邊的女人，不過劉康既然介紹說是助理，她就拿邵梅當助理待，跟邵梅握了握手，就讓他們上了車，把他們接去了西嶺賓館。

一路上，劉康看著海濱大道沿途的風光，不禁說道：

「小雯啊，我有些明白你爲什麼會長得這麼漂亮了，這裏的風景實在太漂亮了，比國內其他著名的海濱城市有過之而不及。可惜這裏的旅遊發展的不好，如果發展好了，這也是國內旅遊勝地了。」

吳雯笑笑說：「乾爹從來沒有來過海川？」

劉康說：「我很多年以前來過，那時候這個地方還沒開發，到處一片破破爛爛，那裏有現在這麼漂亮。」

「其實海川以前是很出名的避暑勝地，名勝古蹟也很多，但這幾年市裏面並不重視推廣這裏的旅遊資源，讓鄰近幾個城市後來居上，海川反而沉寂了下來。」吳雯笑說。

劉康說：「一個城市的好壞與一個主政者的思維是息息相關的，可惜了這片大好的山水啊。」

到了賓館，吳雯將劉康和邵梅安頓好，然後說：「乾爹，你剛下飛機先休息一下，晚上我過來陪你吃飯。」

劉康笑笑說：「休息什麼，我並不累。你先不要急著走，我想跟你談一下怎麼跟徐正見面。」

吳雯說：「不用這麼急吧？我還想您來海川，在這裏多住幾天呢。」

劉康說：「多住幾天也無所謂，可是要先把正事給辦了，辦完正事，隨便怎麼玩都可以。」

吳雯聽了，說：「行，乾爹，你這次打算用什麼名義去見徐正？」

劉康說：「名義是現成的，你的工程不是快要結束了嗎？就跟徐正說，海雯置業北京的股東來海川，很感激徐市長對我們企業的關照，希望能跟徐市長見個面。」

吳雯點點頭說：「這個理由合情合理，回頭我跟徐正說一下，應該沒問題。」

劉康說：「關鍵不在於以什麼名義見面，而是在見了面之後怎麼建立起交情來。我記得你跟我說過，你送過他卡，而他沒有接受？」

吳雯點點頭說：「這個徐市長挺正派的，他看我一個女人在這裏經營很不容易，又被王妍騙了一下，很可憐，所以才出面來幫我的忙。」

劉康聽了，說：「徐正正派嗎？我看倒不見得。小雯，你不明白現在的官場，一個正派的官員是很難坐到徐正這個位置上的。他現在沒跟你提出什麼要求，我們還不明白他究竟有什麼企圖，他是好是壞還很難說，等他真正提出要求的那一刻，我們再來判斷他是不是正派吧。」

吳雯問道：「乾爹你這一次準備要送他錢？」

劉康說：「你先不要管了，這一次我來安排吧，你就管安排我們的見面好了。」

吳雯說：「好的，我一會兒就跟他聯繫一下，看他什麼時候能夠見你。」

「行，你馬上去安排吧。」劉康說。

吳雯就離開劉康的房間，撥了電話給徐正的辦公室。秘書劉超接了電話，吳雯笑著說：「劉秘書啊，我是吳雯，徐市長呢？」

劉超說：「吳總啊，我看一下徐市長能不能接電話。」

過了幾分鐘，徐正接了電話：「吳總找我有什麼事情嗎？」

吳雯笑笑說：「是這樣的，徐市長，我們海雯置業北京的股東來海川了，他很感激您對我們企業的幫助，想要邀請您一起吃頓飯，當面向你表示感謝。就叫我問問您，什麼時間有空。」

徐正聽了，笑說：「你們這位股東也太客氣了，不必要的，我這個市長本就應該為來海川投資的客商提供方便的，不用謝的，吃飯就更不必了。」

吳雯就說：「我知道這在您徐市長來說只是一樁小事，可是對我們來說是無比重要的，我們這位劉董只是想表達一下他的心意，您就給個面子吧？」

徐正仍推辭說：「真的沒必要的。」

吳雯不死心地又說：「徐市長，我已經跟劉董誇下了海口，說我邀請您一定會來的，您如果不答應，我沒辦法交代啊，求求您了。」

吳雯嬌聲哀求著，徐正心裏便有些不忍，便說：「好啦，好啦，我讓小劉看一下行程，儘量擠出時間見見這個劉董就是了。」

吳雯高興地說：「那謝謝您了徐市長，您是不是可以現在就問一下劉秘書，看什麼時間合適？」

徐正笑說：「你真是性急，等一下啊。」

徐正就把劉超叫了進來，看了看他的日程表，問能不能擠出點時間跟吳總這邊的人吃頓飯，劉超回答說：「明晚的宴會不太重要，可以推掉讓別的副市長去。」

徐正就對吳雯說：「你聽到了吧，明晚我能擠出點時間來，就訂在明晚吧。」

吳雯立刻說：「行，我馬上安排廚房，明天做幾個好菜等著徐市長您來。」

徐正開玩笑說：「好菜是一方面，到時候你可要陪我多喝幾杯啊。」

吳雯答應說：「沒問題。」

吳雯就掛了電話，徐正也笑著把話筒放了下來，他對明天可以見到吳雯也很高興。吳雯的靚麗讓人賞心悅目，徐正相信沒有一個男人能對著這樣一個尤物而不心情愉快的。

現在徐正已經和吳雯很熟了，徐正很多應酬都安排在西嶺酒店，只要徐正去的時候吳雯在酒店，她就會過來敬幾杯酒，兩人自然而然就熟悉了起來。

時間飛快的過去，第二天晚上，徐正便帶著劉超去了西嶺賓館，劉康、邵梅和吳雯已經早早等在了門口。

徐正的車一到西嶺賓館門口，吳雯就領著劉康迎上前去。

徐正一下車，吳雯便笑著說：「我來介紹，這位是北京康盛集團的董事長劉康先生，這位是海川市市長徐正。」

劉康立刻說：「您好徐市長。」

徐正跟劉康握了握手，說：「你好，劉董，歡迎你到我們海川來做客啊。」

吳雯又介紹了劉超和邵梅，雙方都認識之後，吳雯就領著眾人進了賓館的雅座。劉康做了主人的位置，不知道他是不是有意安排，邵梅被安排坐在徐正的旁邊，吳雯則坐了副陪的位置。

徐正看邵梅也算是一個出眾的美人，可是一坐到吳雯身邊，就遜色了很多，主要還是吳雯太過豔麗，女人如果聰明的話，千萬不要坐到吳雯身旁，否則肯定會被比下去。

菜都是吳雯精心安排的，菜上來之後，劉康端起了酒杯，說：「這第一杯我要敬徐市長，感謝您一直以來對我們海雯置業的幫助。」

徐正笑笑說：「劉董客氣了，你們來海川投資，是來發展海川經濟的，應該我這個市長謝謝你們才是。」

兩人碰了一下杯，笑著乾了。

放下杯子，徐正說：「劉董啊，我這個人見識少，還真沒聽說過康盛集團這個名字，不知道你們這康盛集團是做什麼的？」

劉康回答說：「不是徐市長見識少，是我們康盛集團偏向在北京周邊地帶發展，外地的業務都是以其他公司的名義進行的，就像海川這邊就是以海雯置業的名義來發展地產，而且我這個人不喜歡出頭露面，鬧得集團公司的知名度就很低。其實，我們集團涉及的業務是很廣泛的，除了地產之外，物流、港口建設、機場建設等很多方面都有涉及。」

徐正看了看劉康，問道：「你們集團也做機場建設？」

劉康點點頭，說：「是啊，我們旗下有一家機場建設公司，是很有實力的。來，徐市長，我們別光說話，喝酒。這第二杯，我要和小雯一起敬你，小雯當初要回海川發展，我是很擔心的，海川雖然是她的家鄉，但是她在這邊並沒有什麼基礎，再是她也沒有經營企業的經驗，王妍騙她那件事就充分說明了這一點。幸好她遇到了您這麼一位好的市長，她今天能取得這點成績，完全應該感激您的幫助。來，小雯，我們一起敬徐市長一杯。」

吳雯說：「對啊，真的很感激您對我和海雯置業無私的幫助，來，我和乾爹共同敬你一杯。」

徐正聽吳雯這麼說，愣了一下，他看了看劉康，問：「劉董是吳總的乾爹？」

劉康點了點頭，說：「我和小雯很投緣，就認了乾親。」

徐正心裏彆扭了一下，他很懷疑劉康所謂的義父女的關係，很可能是兩人一種情人關係的掩飾。

對徐正來說，吳雯一直是一個很高貴的女人，她的美麗讓徐正常有一種高高在上、不敢褻瀆的想法，就像他是一個僕人，而吳雯是一個無比聖潔的公主一樣，所以他甘願無償爲她付出，只求博得美人的高興而已。這一刻，他忽然發現他心目中吳雯所謂的高貴，實際上只是他自己爲她營造出來的假象而已，真實的吳雯其實也是一個很世俗的女人，她很可能爲了獲得財富，而投身於眼前這個老男人的懷抱裏了。

徐正越想越覺得真實狀況就是這樣，心中不禁暗罵劉康，癩蛤蟆吃到了天鵝肉。就像相聲裏說的，好白菜都叫豬給啃了。

劉康見徐正坐在那裏發呆不講話，不知道徐正在想什麼，就叫了一聲：「徐市長，來，我們乾杯。」

徐正語帶抱歉說：「不好意思，我剛才有點走神了。」

劉康和吳雯就一起跟徐正碰了杯，三人一起將酒乾了。

服務員過來給三人倒滿了酒，邵梅這時端起酒杯，說：

「徐市長，我敬您一杯，一來我們第一次認識，喝個認識酒；二來也感謝您一直以來對我們康盛集團的幫助。」

徐正笑說：「這也太急了吧，菜都還沒怎麼吃，都喝到第三杯了。」

邵梅嬌聲說：「徐市長，您不能這樣啊，劉董和吳總的酒你都喝了，偏偏差我這個小女子一杯嗎？您賞我一個面子吧。」說著，邵梅伸手拉著徐正的胳膊搖晃著，撒嬌說：「您就跟我喝了這杯嘛。」

徐正的身子就酥了半邊，有點受不住了，趕忙說：「好啦，你別拉了，我喝就是了。」

徐正又和邵梅乾了杯，然後吳雯又單獨敬了徐正，他又回敬劉康，慢慢地就有點喝多了，滿臉通紅，有了醉意。

邵梅卻並沒有因爲徐正有些醉了就停止糾纏，她又撒嬌地敬了徐正兩杯。到此徐正知道不行了，他不能再喝下去了，再喝下去，他就要出洋相了。

劉康再給徐正倒酒，徐正就堅決不肯接受了，他大著舌頭說：「不行了劉董，再喝我就走不了了。」

劉康笑說：「徐市長，走不了就走不了吧，您忘了嗎？這裏是西嶺賓館，不行的話，今晚您就住在這裏吧。」

徐正堅決地搖了搖頭：「不行，晚上我一定要回去的。」

邵梅故意問說：「徐市長，是不是您夫人不讓您在外面留宿啊？」

徐正搖了搖頭，說：「不是的，我晚上還有事情。行了，劉董，今天就到此爲止吧。」

劉康向邵梅使了個眼色，邵梅就嬌笑著說：「這樣怎麼行啊，徐市長？我還想再跟您喝兩杯呢。來，我給您滿上。」

徐正卻堅決的站了起來，說：「劉董，我真的不能喝了，再給我倒酒，我就要走了。」

劉康見徐正態度堅決，並不爲邵梅的美色所惑，第一次見面，他也不想給徐正留下不好的印象，便拉了一把徐正，說：「徐市長，您坐，既然你說不喝就不喝。不過，您也不能這麼走哇，喝酒不吃飯，很傷胃的。」

徐正大著舌頭說：「只吃飯啊，不喝了。」

劉康笑笑說：「放心，不喝就不喝了。」

徐正這才坐了下來，吳雯趕緊吩咐廚房上飯，一會兒飯來了，徐正胡亂的吃了幾口，便放下筷子，他知道自己必須趕緊走，不然的話，酒勁上來，他就走不掉了。

徐正告辭說：「今天真是很感激劉董的盛情款待，時間也不早了，我要趕緊回去了。」

劉康和吳雯等人就送徐正出去，一出賓館大門，徐正被風一吹，醉意更勝，匆忙上了車，也沒注意到劉康在他身邊放了一大包東西，就讓司機趕緊把他送回去。

這一晚，實際上是劉康和吳雯、邵梅輪番敬徐正的酒，喝得最多的是徐正，其次是邵梅，她是劉康故意安排要糾纏徐正喝酒的，劉康和吳雯反而喝得並不多。

劉康見徐正離開了，就說：「邵梅，你先回房休息吧，我跟小雯喝點茶聊聊天。」

邵梅就回房休息了，吳雯把劉康請到了她的辦公室，拿出茶具，泡上了凍頂烏龍，兩人開始喝起功夫茶來。

喝了一杯之後，劉康就說：「這個徐正的自制功夫還不錯，知道自己喝多了，趕緊撤了。」

吳雯此時也看出劉康是想把徐正灌醉留在賓館裏，邵梅很可能是劉康帶來招待徐正的。便問：「您這次帶了邵梅來，是不是想讓她陪徐正啊？」

劉康點點頭，說：「這一次的項目這麼大，我是志在必得，不得不多準備幾手。可惜的是，徐正似乎並沒有看上邵梅，這一手算是落空了。不過幸好徐正也被邵梅灌得差不多了，並沒有留意到我送給他的禮物。」

吳雯笑笑說：「禮物雖然你放到了他的身邊，可是他今天是醉了，並不代表他一定會收下，說不定他明天會找您退掉的。」

劉康笑了，說：「禮物既然送出去了，又怎麼能讓他退回來呢？再說，這可不是一筆小錢，徐正退不退還很難說啊。」

吳雯根據自己跟徐正交往的這段時間的瞭解，相信徐正的爲人，說：「我猜他一定會退的。」

劉康搖了搖頭，說：「你先不要急著下判斷，我看倒未必。」

吳雯說：「那就等明天看看吧，看您對還是我對。」

劉康笑了，說：「乾爹我走南闖北這麼多年，看人還從來沒走眼過，不會錯的，他不會退的，就算他說要退，也是假意推辭而已。」

吳雯笑了，說：「如果徐正真像你說的那樣，酒色財氣是一體的，他為什麼不順水推舟留在西嶺賓館，享受你給他安排的美女呢？」

劉康說：「那是邵梅並沒有入得他的眼，如果他看中了邵梅，是不會不留下來的。」

吳雯搖了搖頭，說：「我還是不相信徐正是這樣的人，他跟我相處了這麼長時間，我還從來沒看到他喜歡美色的絲毫舉動。」

劉康笑笑說：「小雯，你是不明白這官場上的人，很多人其實跟我們這些普通老百姓一樣，有七情六欲，也貪戀財富，貪戀美女，可是法律啊規定啊什麼的，讓這些官員們為了保住手中的權力，不得不強制將自己的某些念頭壓制下去，於是他們的這些念頭就變得更加私密，甚至有些扭曲。徐正不是不好色，這世界上，我還真沒見過幾個不好色的男人，除非他是同性戀，那他好的就是男色而不是女色。徐正之所以在你面前表現的不好色，是他的身分限制住了他好色的念頭，他不得不將其壓抑下去。如果有機會讓他把這些念頭釋放出來，那他還不知道是個什麼樣子呢。」

吳雯還是不太相信劉康對徐正的評價，搖搖頭說：

「有些人還是不同的，不說徐正，就說傅華吧，他當初一見我，雖然也爲我的美麗驚訝，不過我看他很快就能控制住自己。」

劉康笑了，說：「你剛才也說了，他是控制住了自己，如果這社會沒有了一切約束，那他還會控制住自己嗎？」

吳雯也笑了，說：「那還真不好說，不過，傅華總是個君子，他曾經跟我的姐妹獨處一室而不亂，我相信他還是有所不同的。」

劉康笑笑說：「你說的那個傅華我不跟你爭，不過這個徐正絕對做不到這一點，我看得出來，這個人絕非君子。」

吳雯說：「我不跟您爭了，對了，乾爹，你今天怎麼沒跟徐正提及你想參與新機場項目啊？」

劉康笑笑說：「我什麼鋪墊都沒做好，跟他提這幹什麼，我想蘇南那次來，肯定跟徐正達成某種默契了，我貿然提出來，等待我的只能是拒絕。我要等各種鋪墊都做好了再提出來。而且現在也不需要，項目都還沒正式立項，現在提出來，也只能是一種規劃，無法落到實處。」

劉康和吳雯聊天的時候，徐正回到了家裏。

他在劉超的攙扶下進了家門，妻子嚴芳見了，很不高興的說：「又喝得這麼醉，這都是幹什麼啊？沒日子喝了嗎？」

徐正傻笑了一下，說：「北京來了一個朋友，就多喝了幾杯，你別嚷了，叫小劉笑話。」

劉超陪笑著將劉康留在車上的東西遞給嚴芳，說：「阿姨，這是徐市長朋友送的禮品，你收好。」

嚴芳看了看，見是一個很普通的手提袋裝的一包東西，就問道：「什麼東西啊？」

劉超說：「我也沒看，也許是禮物吧，那人放在車上的。」

徐正醉醺醺的問道：「什麼時間送的，我怎麼不記得了。」

嚴芳瞪了徐正一眼，說：「你都喝成這個樣子了，還記得什麼？行了，去睡你的大頭覺吧。」

徐正看著劉超呵呵笑著說：「小劉，你嚴阿姨生我氣了。」

嚴芳沒搭理徐正，從劉超手中把手提袋接了過去，然後說：「小劉，謝謝你把老徐送了回來。你回去早點休息吧。」

劉超就說：「那我走了，阿姨。」

嚴芳送走了劉超，然後回來看到徐正坐到沙發上正撥著電視頻道，便不高興地說：

「老徐，你喝了這麼多，還不趕緊去睡。」

徐正笑笑說：「我剛才在車上睡了一會兒，這會兒又不睏了。你給我泡杯茶，讓我醒醒酒。」

嚴芳就去給徐正泡了杯濃茶端了過來，徐正接過去喝了起來。

嚴芳這時打量上徐正帶回來的那個手提袋，嘟囔道：「你這什麼朋友啊，還是北京來的，送什麼東西這麼土氣啊？」說著，就把袋子裏面的東西倒了出來，是一個包裹得嚴嚴實實的紙包。

一打開紙包，嚴芳便驚叫了起來：「老徐，快來看。」

徐正還在喝著茶，一邊看著晚間新聞，聽到了嚴芳的驚叫，不滿地說：「幹什麼啊，大驚小怪的。」

徐正扭頭一看，報紙當中包著的是一疊疊嶄新的鈔票。徐正的酒一下子醒了很多，連忙過去數了數，一共十六疊，是十六萬美金。

嚴芳有些緊張的看了看徐正，問道：「老徐，你幫這個人做過什麼了，他怎麼送你這麼多錢啊？」

徐正說：「我幫他拿了一塊地，不過當時只是出於友情，沒想跟他拿錢的。」

嚴芳問說：「那你想拿這錢怎麼辦？」

徐正撓了撓頭，說：「你讓我想想。」

徐正此時酒已經醒得差不多了，腦子在圍繞著拿還是不拿兩者之間的利害關係。

按說，幫海雯置業拿這塊地，收點回報也很正常，自己當時拒絕吳雯送的銀行卡，是他可憐吳雯剛到海川發展事業就受騙，想幫這個女人一把，也有討好這個美麗女人的一點意思。現在看來，吳雯根本就不需要自己去幫她，她身後有劉康這個乾爹護著，恐怕再多的損失都無所謂的，自己這麼做不過是自作多情罷了。

想到吳雯和劉康這層關係，徐正心裏疼了一下，就好像自己一件本來很珍視的東西被人奪走了一樣。

可是，拿了吧，恐怕事情不是感謝那麼簡單。徐正明白，這些商人都是逐臭的蒼蠅，哪裡有利益就奔向哪裡。劉康也不例外，他絕不會只是爲了一個竣工在即的工程專門從北京跑來感謝自己，他特地從北京趕來，出手又是這麼一大筆錢，肯定是有更大的目的。

這個目的不用說，一定是跟即將立項的新機場項目有關，因爲徐正清楚的記得，晚上喝酒的時候，劉康介紹他的康盛集團時，提到了集團旗下有一家機場建設公司，雖然劉康並沒有繼續深入這個話題，直接向自己提出想參與新機場項目，可是司馬昭之心已經昭然若揭了。

問題是，蘇南的振東集團已經先找了自己，又送自己一幅文徵明的字，還有省委副書記陶文的關照，自己似乎不應該再踏上劉康這第二條船了。

不過蘇南送的禮雖然高雅，文徵明的那本書法冊似乎很難抵得過這十六萬美金的價值大，如果選擇了蘇南，放棄掉這十六萬美金，似乎又太可惜了。

徐正更想到，現在振東集團和康盛集團送給自己的，可能都是爲了爭取新機場項目而預先做的鋪墊，真正的重謝應該還在後面。劉康一出手就是這麼大手筆，後續的感謝會不會更加豐厚呢？現在馬上就拒絕是不是不太明智啊，如果後謝蘇南老是拿一些來路不明的所謂古董來糊弄自己，自己豈不是虧大了。

在這十六萬美金面前，徐正開始覺得那份原本看上去很精美的書法冊就廉價得太多了。蘇南之所以還沒有馬上出局，實在是因爲還有陶文的支持在後面，徐正感覺暫時還是不要得罪這省委副書記爲好。

能不能暫時不要做選擇，看有沒有辦法能夠兩全其美呢？徐正想到最後，覺得還是暫時不要推掉任何一家的好，他想等等看，看這兩家誰最終的砝碼重，他就支持誰。

想定之後，徐正就對嚴芳說：「你先把這包美金收起來，沒我的話，任何人都不准動。」

徐正不讓嚴芳動用這筆錢，是防止將來蘇南那一方如果砝碼重了，自己可以把錢退還給劉康。

徐正為官的一個很重要的原則，就是他絕對不拿自己認為不安全的錢，而且他從來不主動去索取賄賂。只有那些看上去很安全，又是當事人主動送給他的，推辭不掉的話他才會收下。

這也是徐正官聲不錯的一個很重要的原因，也是他自認為既能獲取利益，又能保住權力的絕妙法門。

徐正明白，他的權力才是這一切的根本，如果為了一些蠅頭小利就捨棄掉了根本，那就太不值得了。孫永就是沒看明白這一點，如果他事情辦不成，及時將錢退還給王妍，那他就不會落到今天這個地步了。錢誰都愛，可是能安全的花到，才是真正屬於自己的錢。

嚴芳看著徐正，有點不放心地說：「老徐，這筆錢數目可不少，拿了會不會出什麼問題啊？」

徐正瞪了嚴芳一眼，說：「事情早就辦完了，房子他們都改好了，會有什麼問題啊。再說，我只是讓你收好，不是讓你去動用，現在我還沒有決定到底收還是不收。記住了，不准動用啊，不要兩個兒子跟你一哼唧，你就拿出來給他們花，知道嗎？」

嚴芳點了點頭，說：「我知道了，這麼大一筆錢怎麼收啊？放在家裏似乎不太安全，要不要存到銀行裏去啊？」

徐正叫道：「你要死啊，你一下去銀行存這麼大一筆數目的美金，這不是讓人懷疑我受賄是什麼？你把它鎖到我書房的抽屜裏去。」

嚴芳擔心的說：「那裏安全嗎？」

徐正叫道：「什麼安全不安全，小偷要偷你，就是你鎖到保險櫃裏也是不安全的，你就聽我的吧。」

嚴芳就把錢拿去了徐正的書房，鎖進了徐正的書桌抽屜裏。

第二天，吳雯陪著劉康、邵梅到海邊去玩。

劉康看著潔白的沙灘，天邊飛翔的海鷗，心情愉快地說：「小雯啊，將來我退休之後，到這裏買一棟別墅，來守著你養老，好不好啊？」

吳雯笑著說：「好啊，有您在我身邊，我的心就會安定很多。而且這裏的氣候適宜，四季分明，也是個適合養老的地方。」

劉康看著海邊戲水的人們，說：「這個城市的節奏舒緩，不像大城市節奏那麼快，倒真是一個養老的好地方。」

吳雯說：「是啊，我剛從北京回來的時候，突然從快節奏變成了慢節奏，一下子還不習慣，現在覺得還是這裏舒服。」

劉康點了點頭，說：「這人啊，快也好慢也好，怎麼過都是一輩子，我還記得看過一個笑話，說一個富翁到海邊度假，看不慣一個打漁的小夥子很懶散，就跟他講了一番奮鬥的大道理，說那小夥子應努力賺取萬貫家財，才能夠跟他一樣享受整天曬太陽的生活，結果那小夥子不屑地說，你費了大半生辛苦，追求的不過是跟我一樣在海邊曬太陽，可是我現在就可以享受了啊。」

吳雯有點心不在焉的聽著，不時看看放在身邊的皮包。

劉康看了看吳雯，說：「小雯啊，你沒認真聽我講話吧？」

吳雯笑笑說：「沒有啊，乾爹，我在聽著呢。」

劉康說：「不對，你時不時的就去看你的皮包，裏面有什麼重要的東西嗎？」

吳雯說：「不是，我的手機放在皮包裏，我怕來了電話我沒聽到。」

劉康笑說：「你是在等徐正的電話吧？」

吳雯點了點頭，說：「對啊，我是在想，如果徐市長想要把錢退回來，這時候是不是應該來電話了，難道他沒發現那筆錢，還是錢在別人手裏？」

劉康搖搖頭說：「錢不可能到別人手裏的，我包得很扎實，劉超應該不知道其中的內容。我想昨晚徐正可能就把錢數清楚鎖起來了，要打電話昨天晚上就會打了，所以你不用等了，這個電話他不會打的。」

吳雯仍堅持說：「不會的，昨晚徐市長喝醉了，他不會知道這一切的。」

劉康笑笑說：「徐正昨晚有些醉意不假，但還沒有失去自制能力，回去不久應該就會清醒了。不信你看吧，我還要在這裏待兩天，這兩天徐正一個電話都不會打給你的，除非你主動給他電話。」

吳雯心裏還是不太相信徐正是這樣一個人，不過她並沒有再去反駁劉康，只是說：「乾爹，你好不容易來海川一趟，多住幾天吧。」

劉康說：「我也想，可是不行啊，北京還有好多事等著我呢。再說，日後恐怕我會有很長一段時間待在海川，那個時候我想玩什麼都可以啊，不必急在這一時半會兒的。」

吳雯說：「看來乾爹是對新機場項目有一定把握了？」

「當然啊，徐正拿了我的錢，說明他是要準備給我一個機會的，現在魚已經咬餌了，別的我不敢誇口，不讓咬餌的魚跑掉，這點把握我還是有的。那個蘇南我很瞭解，他做事太過於方正了，不會是我的對手的。」劉康回說。

吳雯是見識過劉康做事的手段的，可以說是無所不用其極，雖然吳雯只見過蘇南一面，可是蘇南文質彬彬的氣質給她留下一個很深的印象，這樣一個人顯然不會是劉康的對手。而且現在劉康已經知道蘇南是他的競爭對手，蘇南對這一切卻還茫然不知，一個在明一個在暗，顯然在暗處的劉康更得便宜些。

吳雯便笑笑說：「那就預祝乾爹馬到成功了。」

請續看《官商鬥法》八 天價合同

官商鬥法 七 仇富情緒

作者：姜遠方
發行人：陳曉林
出版所：風雲時代出版股份有限公司
地址：105台北市民生東路五段178號7樓之3
風雲書網：http://www.eastbooks.com.tw
官方部落格：http://eastbooks.pixnet.net/blog
Facebook：http://www.facebook.com/h7560949
信箱：h7560949@ms15.hinet.net
郵撥帳號：12043291
服務專線：(02)27560949
傳真專線：(02)27653799
執行主編：朱墨菲
美術編輯：風雲時代編輯小組

法律顧問：永然法律事務所 李永然律師
北辰著作權事務所 蕭雄淋律師

版權授權：蔡雷平
初版日期：2015年8月
初版二刷：2015年8月20日
ISBN：978-986-352-151-8

總 經 銷：成信文化事業股份有限公司
地　　址：新北市新店區中正路四維巷二弄2號4樓
電　　話：(02)2219-2080

行政院新聞局局版台業字第3595號 營利事業統一編號22759935

定價：280元　特惠價：199元

國家圖書館出版品預行編目資料

官商鬥法／姜遠方 著. -- 初版. -- 臺北市：
風雲時代，2015.01 -- 冊；公分

ISBN 978-986-352-151-8（第7冊；平裝）

857.7　　103027825